Heimatsinfonie

Eine Auswahl der
schönsten Heimatromane

WINFRIED BLACH VERLAG

Harald M. Wippenbeck

Der Fluch des Hainhof-Bauern

Die Verleumdung

Dieses Buch wurde auf chlorfrei gebleichtem
Papier gedruckt – der Umwelt zuliebe

Titelbild: Michael Wolf, München
Vertrieb: Weltbild Verlag GmbH, Augsburg
Im Verkaufspreis ist die gesetzliche Mehrwertsteuer enthalten
Printed in Germany

ISBN 3-89604-190-8

Der Fluch des Hainhof-Bauern

Mit leichenblassem Gesicht stand Christl Buchner vor dem dunkelhaarigen Mann mit seinen rotgeränderten Augen. Die junge Frau zitterte an allen Gliedern. Wirr hingen dem Mann die Haare in das Gesicht. Schritt für Schritt tappte er nun auf Christl zu.

„Kartoffelsuppe!" grölte er. „Schon wieder Kartoffelsuppe. Na dir werd ich's zeigen." Dann stürzte er auf den Tisch zu, auf dem die dampfende Terrine stand. Er nahm sie mit den Händen, trug sie in die Mitte der Bauerndiele und schmetterte sie auf den Boden.

„Aufputzen!" schrie er. „Sofort aufputzen, sonst tunk ich dich hinein!"

Im Stubeneck saß eine Frau, deren Alter schwer zu bestimmen war. Sie war klein, zierlich und trug einen dünnen Haarspunt auf dem Hinterkopf. Auf ihrem Schoß kauerte ein etwa vier Jahre altes Mädchen. Ängstlich klammerte es seine Arme um den Hals der alten Frau.

„Na wird's bald?" grölte der Mann. „Du

sollst aufputzen, hab ich gesagt. Und hernach will ich etwas Anständiges auf den Tisch, sonst knallt es, verstanden?" Damit polterte er nach oben.

Christl Buchner ließ die Arme herabsinken. Dann ging sie langsam zum Tisch, schob den Stuhl heraus und ließ sich darauf niedersinken. Sie stützte ihren Kopf in die Hände und begann dann bitterlich zu weinen.

Dieser Mann war ihr Mann. Christl wußte nicht mehr, wann er angefangen hatte so zu sein, wie er jetzt war. Doch wußte sie, daß er nicht so war, als sie ihn damals vor etwas mehr als fünf Jahren auf dem Langenberger Schützenfest kennen und lieben gelernt hatte.

„Madl", sagte Anna Hain nun und stand auf. „Madl, so geht es doch nit mehr weiter. Du machst dich ja kaputt mit diesem Mann."

„Ach, Mutter", schluchzte Christl auf. „Jetzt fang du um Gottes willen nicht wieder mit deinen Vorwürfen an. Ich weiß ja, daß du seinerzeit gegen die Heirat mit Jakob gewesen bist. Aber hab ich's denn ahnen können, daß er mit der Trinkerei anfängt? So etwas kann man doch nit wissen, jedenfalls nit vorher."

„Aber jetzt weißt du es", sagte Anna Hain. „Du mußt Rücksicht auf dein Kindl nehmen. In welchen Verhältnissen wächst denn unser Hannerl auf?"

„Ich muß aufputzen", wich Christl aus. „Wenn er herunter kommt und es ist nicht aufgeputzt, dann ist der Teufel los. Du kennst ihn ja, wie er ist."

Sie trocknete ihr Gesicht mit der Schürze. Dann holte sie einen Putzeimer und begann damit, den Boden zu reinigen. Die Kartoffelsuppe war überall verspritzt. Etwas anderes hatte Christl nicht kochen können, da wieder einmal kein Geld im Haus war. Jakob nahm sich ganz einfach, was er brauchte. Es gab viele unbezahlte Rechnungen. Christl lief zum Pumpen hier und dort hin.

Man wußte um die unglückliche Ehe der Hainhoferin und hätte ihr ein besseres Schicksal gegönnt. Daher wurde Christl Mitleid entgegengebracht, und es gab viele, die versuchten, ihr das schwere Los zu erleichtern.

Sie war eben fertig geworden, als Jakob wieder heruntergetorkelt kam. Heut in der Früh hatte er schon mit der Trinkerei angefangen. Er war ins Dorf gegangen, hatte wohl im Wirtshaus ein paar Halbe genommen, sich dann im Kramladen eine Flasche Schnaps geholt und sich damit daheim in die Stube gehockt. Das pflegte er öfters zu tun. Er stand nicht eher auf, als bis kein Tröpferl mehr in der Flasche war. Meistens schmetterte er sie dann an die Wand und kam heraus, um seine Wut an seiner Frau und bisweilen auch an der Schwiegermutter Anna auszulassen.

Es war schon vorgekommen, daß die beiden Frauen mit dem Kind auf den Speicher geflüchtet waren. Sie wußten, daß er sie dort nicht suchte. Grölend und brüllend tobte er durch das Haus, riß die Türen auf und benahm sich wie ein Besessener.

Christl Buchner hatte in ihrem jungen Leben schon Schreckliches mitmachen müssen. Sie hatte schon sehr oft an eine Scheidung gedacht. Im Normalfalle wäre dies ja wohl auch die einzig vernünftige Lösung gewesen, denn Jakob Buchner hatte immerhin auf den Hainhof eingeheiratet. Anna Hain hatte noch nicht übergeben. Jakob hatte kein Recht, auf dem Hof zu sein.

„Wenn du es wagst, zu einem Anwalt zu gehen", hatte er ihr gedroht, „dann schlag ich dich, daß du keinen Rührer mehr machst. Sollte ich einen solchen Brief bekommen, dann ist der Teufel los. Dann mach dich auf etwas gefaßt!"

Sie nahm diese schreckliche Drohung ernst, denn sie kannte ihn. Er konnte furchtbar brutal sein. Schlägen konnte sie nur dadurch ausweichen, indem sie ihm zu Willen war und das tat, was er von ihr verlangte.

„Ich will was zu essen!" Er knurrte sie an wie ein böser Hund.

„Wenn ich doch nix hab", sagte sie daraufhin

mit dünner Stimme. Mit einem Kopfruck bedeutete sie ihrer Mutter, sie solle mit dem Kind hinausgehen. Christl wollte nicht, daß Hannerl die dauernden Streitigkeiten und Brutalitäten des Vaters erlebte.

„Dann schaff was auf die Beine!" schrie er sie an. „Mir knurrt der Magen."

Da ging Mutter Anna seufzend zur Stiege.

„Wart", sagte sie. Kurze Zeit später kehrte sie wieder zurück und gab Christl ein wenig Geld.

„Da, Madl, geh zum Metzger", sagte sie, „und hol etwas, damit Ruh' ist."

Sie warf ihrem Schwiegersohn einen bösen Blick zu. Anna bekam eine kleine Rente. Die butterte sie meistens dazu, denn Jakob arbeitete nur gelegentlich. Der Hof selbst brachte nicht besonders viel ein. Früher war es einmal ein sehr stolzer und schöner Bauernhof gewesen. Doch Jakob hatte ihn mit seinem leidenschaftlichen Trinken an den Rand des Ruins gebracht. Er selbst schaffte bisweilen – wenn er eben einmal Lust hatte – als Hilfsarbeiter im Sägewerk. Das Geld, das er bekam, setzte er in Schnaps um.

„Wenn du schon ins Dorf gehst", brummte Jakob nun, „dann kannst du mir gleich eine Flasche Enzian mitbringen, hörst du?"

„Dazu langt das Geld nit", erwiderte Christl.

„Dann laß es aufschreiben!"

Er ging an den Tisch. Dort standen noch die

Teller. Mit einer Handbewegung fegte er einen davon wütend in die Stube hinein.

Da lief Christl mit einem Aufschluchzer aus dem Haus.

★

Florian Moosberger warf einen besorgten Blick zum Himmel.

„Macht ein bissel, Leut“, sagte er zu den Männern, die eben damit fertig geworden waren, das Holzfuhrwerk zu beladen. „Es wird am End' ein Wetter kommen, und dann sind wir nit rechtzeitig daheim.“

„Wir sind ja schon fertig“, brummte einer der Holzarbeiter.

Im unwegsamen Gelände hatte man Gäule vor das Holzfuhrwerk gespannt. Die Wegstrekke war abschüssig. Einer saß auf dem Wagen und bediente die Drehbremse.

Florian Moosberger, der jüngste Sohn des Sägewerkbesitzers, schritt neben dem Gespann her. Er war ein hochgewachsener Bursch mit braunem, welligem Haar und dunklen Augen, die stets ein bißchen ernst, ja beinahe melancholisch in die Welt blickten. Florian war zwar ein flotter Bursch, aber er hatte nicht den Ruf eines Schürzenjägers, sondern benahm sich eher scheu und zurückhaltend.

er zu ihr. „Nit ihm zuliebe. Dir und deinem, Kind zuliebe tu ich es. Nur wenn du Geld hast, hast du doch ein bisserl Frieden. So ist es doch, oder nit?“

Sie senkte den Kopf und nickte dann.

„Also, so nimm es, Christl! Hör zu, laß dich doch endlich von diesem Kerl scheiden!“

„Ach, wenn du wüßtest“, sagte sie, und das Elend quoll ihr wieder bitter im Hals hoch. „Ich hab so schreckliche Angst vor ihm. Weißt du, manchmal möcht ich mit Hannerl einfach auf und davon gehen.“

„Warum tust du es nit, Christl?“ fragte Florian nun eindringlich. Er sah ihr dabei tief in die Augen, so daß sie wieder ein bißchen errötete.

„Ach, da ist doch noch die Mutter“, sagte Christl mutlos. „Du weißt doch, wie sehr sie am Hainhof hängt. Nie und nimmer würde sie Jakobs wegen ihren Hof im Stich lassen. Ich kann doch nicht meine Mutter mit meinem Mann einfach hockenlassen. Er würde nicht gehen, und meine Mutter hätte das ganze Theater und den Zirkus am Hals. Nein, nein, Florian, das ist keine Lösung. Wenn ich das Kind nicht hätte, dann wär ich schon längst in die Klamm gesprungen, das darfst du mir glauben.“

„Christl, dann wär ja deine Mutter auch mit deinem Mann allein!“

„Aber wenn ich tot wär, dann könnt sie ihn

vom Hof schicken, weißt du. Dann hätte er kein Recht nimmer."

„Red nit so daher, Christl", gebot er ihr. „Es wird schon eine Lösung geben."

„Die gibt's gewiß", meinte sie nun mit einem bitteren Lächeln. „Wenn mich einmal die Erde auf dem Kirchhof deckt, dann ist das Problem gelöst. Eher nit."

„Oder wenn ihn die Erde deckt", sagte Florian ernst.

Da sah sie ihn an.

„Wie meinst du denn das?" fragte sie ihn.

„Vielleicht hat der Herrgott ein Einsehen und läßt ihm etwas zustoßen. Weißt, ich will dir überhaupt keinen Vorwurf machen. Aber du hast damals in deiner blinden Lieb' zu dem schönen Jakob übersehen, was er für ein Bruder Leichtfuß ist. Ich hab mich nit getraut, es dir zu sagen, weil du mir ja ohnehin nie geglaubt hättest. Es langt schon, daß du jetzt so leiden mußt."

„Das ist es ja eben", sagte sie und hob ihren Kopf. „Ich hab mir diese Suppe selbst eingebrockt. Ich muß sie jetzt wohl auslöffeln."

Vom Kirchturm her schlug es ein Uhr.

„Oh, du guter Gott im Himmel!" stammelte sie. „Ich muß ja noch zum Metzger und hernach in den Kramladen. Ach Gott, und jetzt hab ich mich so verplaudert."

„Weißt was", sagte er, „ich geh g'schwind mit

den Männern auf die Säg', während du dein Zeugl einkaufst. Ich hol das Motorrad aus dem Schupfen und wart an der Dorflinde auf dich. Dann bring ich dich hinauf zum Hainhof."

„Es langt, wenn du mich bis zur Untersteiner Kreuzung bringst", sagte sie. „Wenn er dich mit mir zusammen sieht, dann schlägt er mich tot. Er ist ja nebenher auch noch so furchtbar eifersüchtig. Mit keinem darf ich reden, aus dem Haus komm ich bloß, um meine Besorgungen zu machen."

Als sie den Schnaps im Kramladen erwarb, wurde sie von der Krämerin halb spöttisch und halb mitleidig angelächelt.

„Na", meinte sie, „dein Jakob hat aber heut wieder einen gewaltigen Durst. Heut in der Früh hat er doch schon eine Flasche geholt."

Christl wußte vor Verlegenheit nicht, was sie antworten sollte.

„Na ja", sagte sie daher nur und lächelte verlegen. Sie packte die Sachen in ihr Einkaufsnetz und verließ den Laden. Drüben an der Dorflinde wartete Florian mit seinem Motorrad, dessen Motor bereits lief.

„Also, steig auf, Christl", sagte er, „damit wir weiterkommen."

Er verstaute die gekauften Sachen in den Seitenkästen, und sie setzte sich dann auf das Motorrad.

„Halt dich gut fest, Christl!"

„Ja, ja!" rief sie. „Ja, Florian!"

Sie klammerte sich an Florian fest. Unter seiner Joppe fühlte sie die Wärme seiner Haut. Sie schloß die Augen. Wie schön wäre es gewesen, wenn er heut ihr Mann wäre. Heftige Sehnsucht nach Liebe, Wärme und Zärtlichkeit umfaßte die Frau wie eine mächtige Woge. Doch dann war dieser kurze, schöne Traum vorüber. Sie hatten die Kreuzung erreicht, von der aus es nur noch einige Meter bis zum Hainhof waren, der außerhalb des Dorfes stand. Diese Wegkreuzung konnte man vom Hainhof nicht einsehen. Christl stieg vom Motorrad.

„Dank dir schön, Florian! Danke, für alles!"

„Es ist gern geschehen, Christl", sagte er. Dann winkte sie ihm noch einmal zu und lief hinauf zum Hof.

„Sei leis", sagte Mutter Anna zu Christl, als sie eintrat. „Er hat sich hingelegt. Hörst ihn schnarchen? Drinnen in der Stube liegt er auf dem Sofa. Weißt, was ich jetzt am liebsten tät? Ich tät ein Beil aus dem Schupfen holen und ..."

„Hör auf so zu reden!" sagte Christl scharf zu ihrer Mutter. „An so etwas darf man überhaupt nicht denken. Komm, hilf mir in der Küche, damit wir etwas zu essen gemacht haben, wenn er aufgestanden ist. Der Tyrann!"

*

Besonders schlimm war es, daß Jakob Phasen hatte, in denen er scheinbar normal war. Es gab Tage, an denen er überhaupt nicht trank. Dies waren stets die Tage, in denen er regelmäßig seiner Arbeit nachging. Bei solchen Gelegenheiten bettelte und winselte er Christl jedesmal um Verzeihung an.

Zwei Tage nachdem er die Kartoffelsuppe auf den Boden geworfen hatte, kam wieder so eine ruhige Zeit. Er stand morgens wie gewohnt auf, wusch und rasierte sich ordentlich und kam herunter. Christl duckte sich. Dies geschah stets beinahe automatisch.

„Guten Morgen, Christl", sagte er. Sie konnte feststellen, daß er nüchtern war. Jedenfalls klang seine Stimme so.

„Guten Morgen", preßte sie heraus. „Ich – ich hab keinen Bohnenkaffee, Jakob. Ich hab nur Malzkaffee", sagte sie vorbeugend.

„Aber das macht doch nichts", meinte er daraufhin. Er trat auf sie zu und versuchte sie in seinen Arm zu ziehen. „Mein liebes, gutes Weiberl", meinte er dabei.

„Nicht – bitte", flehte Christl. Seine Zärtlichkeiten waren ihr schon seit langem zuwider.

„Ich weiß, Christl", begann er nun die alte Litanei zu klagen, „daß ich ein furchtbarer Kerl bin. Manchmal frag ich mich, wie du es bloß mit mir aushältst."

„Weißt du, Jakob", sagte sie. „Das frag ich mich manchmal selber."

Sie stellte ihm seine Tasse und den Teller auf den Tisch, wobei ein bitteres Lächeln ihre Lippen umwehte.

Er setzte sich.

„Ich muß mich ändern", murmelte er. „Ich weiß, daß ich mich ändern muß, Christl. So kann es doch mit uns nit mehr weitergehen."

Sie äußerte darauf nichts, weil sie das alles kannte. Diese Worte hatte sie schon so oft gehört. Sie wußte genau, daß es nach ein paar Tagen wieder das alte Lied sein würde.

Doch jetzt wagte sie etwas, was sie vorher noch nicht gewagt hatte.

„Du bist Alkoholiker, Jakob", stellte sie fest.

„Alkoholiker – ich?" Er wies auf seine Brust und lachte dann laut auf. „Aber, Christl, wie kommst du denn auf einen solchen Schmarr'n? Könnt ich heut nüchtern sein, wenn ich Alkoholiker wäre?"

„Deine Hände zittern", bemerkte sie, als er nun die Kaffeetasse zum Mund führte.

„Ich hab schlecht geschlafen in der vergangenen Nacht", erklärte er ihr darauf. Er hatte für alles und immer eine Entschuldigung parat. Sie kam ihm einfach nicht bei.

Da zog sie sich einen Stuhl zurück und setzte sich zu ihm an den Tisch.

„Jakob, hör mir jetzt einmal zu, was ich dir sag!"

„Ich tu nichts anderes, als dir zuzuhören", meinte er. Christl glaubte, aus seiner Stimme eine gewisse Scheinheiligkeit herausgehört zu haben. Obwohl sie manchmal dachte, seinen rätselhaften Charakter genau zu durchschauen, mußte sie immer wieder feststellen, daß sie einem Irrtum unterlag.

„Du hast mir etwas sagen wollen?"

Sie zögerte etwas. Dann griff sie vor und nahm seine Hand.

„Jakob, du müßtest – eine Entziehungskur machen", sagte sie.

„Bist du verrückt?" rief er aus, und plötzlich war die alte Aggression wieder in seiner Stimme. Er war heftig aufgesprungen und gegen die Kaffeetasse gestoßen, deren Inhalt nun über den Tisch floß.

„Entschuldige", sagte er. „Entschuldige, Christl, aber ein solches Ansinnen ist ganz einfach unmöglich. Ich bin doch kein Alkoholiker. Wenn ich ab und zu einmal einen über den Durst trink, dann hat das doch wohl damit nichts zu tun."

„Das meinst du", erwiderte sie so ruhig wie möglich.

Da betrachtete er sie. Etwas Lauerndes trat in seinen Blick.

„Aha", meinte er schließlich. „Jetzt komm ich dir drauf. Du willst mich loswerden. Du machst es dir einfach und denkst, wenn du den alten Saufkopf in eine Anstalt steckst, dann bist du ihn los und kannst mit anderen herumtun. Nicht wahr, so ist es doch? Gib es zu!"

„Laß mich los", flehte sie. „Du tust mir ja weh!" Er hatte ihr Handgelenk ergriffen und fest zugepreßt. Endlich lockerte er seinen Griff. „Es ist nicht so, wie du glaubst", versuchte sie ihm deutlich zu machen. „Es ist vielmehr die einzige Möglichkeit, daß wir beide wieder zu einem normalen Leben zurückfinden, Jakob. Ich habe ganz einfach nicht mehr die Nerven, das alles mitzumachen. Denk doch bitte auch ein wenig an unser Kind. Hannerl wächst ja in völlig ungesunden Verhältnissen auf. Das Kind erleidet einen seelischen Schaden, der vielleicht nie wieder gutzumachen ist."

„Du hättest Psychologin werden sollen", sagte er nun mit einem spöttischen Lächeln zu ihr.

„Mach dich nicht lustig über mich, Jakob", gebot sie ihm. „Die Sach' ist viel zu ernst, um darüber zu lachen. Ich will ja nur, daß du dir alles einmal durch den Kopf gehen läßt. Ich weiß doch ganz genau, daß es übermorgen oder vielleicht morgen schon wieder dasselbe ist!"

„Das ist nicht wahr, Christl", sagte er mit fest und überzeugend klingender Stimme zu ihr. „Ich werd mich zusammenreißen. Ich schwör es dir."

„Da schwörst du einen Meineid", bemerkte sie. In ihrer Stimme war eine unendlich tiefe Bitterkeit, denn sie wußte doch ganz genau, wie oft er ihr schon Besserung gelobt hatte.

„Christl! Christl, du willst dich doch nicht etwa von mir trennen?" Sie vermeinte nun eine heiße Angst aus seiner Stimme herausklingen zu hören. Liebte sie ihn überhaupt noch? Hatte es überhaupt alles noch einen Sinn? Hatte es noch einen Wert, einen neuen Anfang zu versuchen? Diese Fragen gingen ihr nun durch den Kopf. Sie fand keine Antwort darauf. In ihr war eine tiefe Zerrissenheit, die sie manchmal an sich selbst zweifeln ließ.

„Wenn du mir ein bissel hilfst", sagte er nun, „dann geht es auch, Christl. Bitte, hilf mir doch!"

„Ich kann dir nicht helfen, wenn du dir nicht helfen lassen willst", erwiderte sie hart. „Die einzige Hilfe, die es für dich gibt, ist eben nun einmal eine Entziehungskur."

„Du bestehst also darauf?" fragte er sie.

Sie kämpfte eine Weile mit sich. Dann sah sie ihn fest an.

„Ja, Jakob, im Interesse vom Kind und vom Frieden muß ich darauf bestehen."

„So treibst mich halt wieder zur Sauferei hin", warf er ihr nun vor. „Eigentlich bist doch nur du schuld, daß ich trink. Ich trink weil du so kalt und abweisend zu mir bist."

„Und ich bin kalt und abweisend zu dir, weil du trinkst!" erklärte sie ihm.

So merkten sie beide nicht, daß sie sich auf einem schrecklichen Teufelskarussell bewegten. Jeder drehte daran. Sie schoben sich beide gegenseitig die Schuld in die Schuhe, obwohl vielleicht im Grunde keiner von ihnen schuld war.

„Ich bin auch nimmer bereit, für dich zu schwindeln und zu lügen", sagte sie. „Ich unterstütze deine Touren nimmer. Wenn du dich nit änderst, dann werd ich dich verlassen."

„Das darfst du nit", flehte er sie an. „Christl, du kannst mich doch nit allein lasen? Ohne dich wäre ich doch vollkommen verloren. Ich bin nichts ohne dich!"

„Es wäre besser, du würdest einmal daran denken, wenn du deinen Kragen voll hast", sagte sie nun zu ihm. „Ich glaub, es wird Zeit, daß du zur Arbeit gehst."

„Erwartest gewiß jemand?" fragte er mißtrauisch.

„Hör endlich auf mit deiner verdammten Eifersucht!" schrie sie ihn nun entnervt an. Anschreien durfte sie ihn nur, wenn er nüchtern war. Vielleicht war das ein Fehler. Aber ihre Nerven selbst waren so angespannt, daß es ihr dann sehr schwer fiel, sich unter Kontrolle zu halten. In solchen Situationen mußte sie ja keine Angst haben, daß er auf sie los ging. Diese Angst war nur da, wenn er getrunken hatte. Dann schwieg sie halt kleinlaut. So bewegte sich ihr Leben ständig zwischen Ducken und Aufbegehren.

„Na ja", meinte er, „dann geh ich halt. Ich laß es mir durch den Kopf gehen."

Er bekam in der Säge täglich seinen Lohn. Jedesmal wenn er arbeitete, mußte sie befürchten, daß er am Abend erst nach Hause kam, wenn das ganze Geld auf den Kopf geklopft war. Er vertrank es im Wirtshaus und brachte sich dann meistens noch Schnaps mit nach Hause. Dann trank er in der Stube weiter. Christl wartete unterdessen in der Küche, bis sie ihn total blau hinaufpoltern hörte. Dann lauschte sie, bis sein Schnarchen durchs Haus hallte und ging dann erschöpft, todmüde und dennoch voller Furcht zu Bett.

„Hat er dir wieder den Himmel auf Erden versprochen?" fragte Anna, nachdem Jakob gegangen war. Anna Hain schien in der Küche gewesen und die Unterhaltung verstanden zu haben.

„Ach, Mutter, was soll ich nur machen?"

„Schau, jetzt zweifelst schon wieder umeinander", sagte Anna. „Du weißt doch ganz genau, daß er sich nicht ändert. Heut abend kommt er wieder besoffen heim. Da haben wir das gleiche G'frett wie fast alle Tage. Geh endlich zu einem Rechtsanwalt und gib um die Scheidung ein. Ich hab gelesen, daß es in einem solchen Fall recht schnell geht, Christl. Man wird es auch so machen, daß er am Anfang nix merkt."

„Ach, Mutter, du bist vielleicht kleingläubig", sagte Christl. „Er wird doch über die Scheidungsklage informiert werden. Wenn er da gerade etwas getrunken hat, dann ist es nicht auszudenken. Bisher hat er zwar unser Hannerl noch nicht angerührt. Aber ich weiß doch nit, wie er in einem solchen Zorn reagiert. Nein, Mutter, dieses Risiko kann ich ganz einfach nit eingehen. Vielleicht geht er doch zu einer Entziehungskur, und dann können wir Hoffnung haben, daß sich alles ändert."

„Bevor sich das ändert, feiern wir den Heiligabend im Juli", sagte Anna Hain mit düsterer Miene. Dann ging sie und ließ Christl zurück.

★

Wenn Jakob Buchner arbeitete, dann tat er das ganz. Der Schweiß lief ihm in Strömen über das Gesicht, während er die Stämme, zusammen mit anderen Sägewerksarbeitern in die Führung einpaßte. Stapelweise türmten sich die geschnittenen Bretter hinter der Säge.

Als Jakob dort dabei war, einen neuen Stoß anzulegen, sah er den Moosberger-Florian, der sich auf einem Block etwas notierte. Die beiden Männer waren einander nie grün gewesen. Dies hing mit Christl zusammen. Seit jenen Tagen, in denen Christl dem Buchner-Jakob den Vorzug gegeben hatte, schwelte zwischen den Mannsbildern eine leise Feindschaft, die allerdings bisher noch nie offen ausgesprochen worden war.

Jetzt plötzlich trat in Florian Moosbergers Gesicht ein entschlossener Ausdruck. Er klappte das Notizbuch zu und schob den Kugelschreiber in seine Joppentasche. Dann trat er zu Jakob Buchner.

„Du, Jakob", sagte er, „auf ein Wort! Ich müßt einmal mit dir reden."

„Ich wüßt nit, was es zu reden gäb", brummte Jakob. „Bist am End gar mit meiner Arbeit nit zufrieden?"

„Das hat damit nix zu tun. Das, was ich dir sagen möcht, ist nit für andere Ohren bestimmt. Also, sei so gut und komm mit ins Haus!

Jetzt ist Mittagszeit im Büro, und wir können uns unterhalten."

Jakob zuckte die Schultern und ging dann hinter Florian her.

„Sitz nieder, Jakob", sagte Florian und bot ihm einen Stuhl im Büro an. Florian zog sich einen Drehstuhl herbei und setzte sich darauf. Dann betrachtete er Jakob ernst.

„Also, was ist? Mach es kurz", sagte der. „Ich will nit, daß die anderen reden, ich wär ein fauler Hund."

„Faul bist du gewiß nit, Jakob", bemerkte Florian. „Aber es hapert halt bei dir an der Beständigkeit und auch an der Pünktlichkeit. Warum arbeitest du eigentlich nit regelmäßig wie jeder andere?"

„Was geht das dich an?" brummelte Jakob. Man merkte, daß ihm dieses Gespräch sehr unangenehm war. „Du kannst mich ja hinausschmeißen, wenn dir meine Arbeitsmoral nicht paßt", sagte er dann.

„Jakob, schau, ich weiß, daß ich absolut kein Recht hab, dir etwas in dein Privatleben hineinzureden. Aber ..."

„Wenn du's einsiehst, daß du kein Recht hast, dann hältst du dein Maul", sagte Jakob daraufhin ziemlich roh.

„Ich sag es dir trotzdem, Jakob. Das, was du mit deiner Frau machst, ist eine Sauerei! Deine ganze Wut und deinen Zorn läßt du an der armen Christl ab. Du solltest dankbar sein, daß du auf den Hainhof hast einheiraten dürfen, denn sonst ..."

„Ach, dankbar soll ich sein? Das mußt gerade du mir sagen. Du bist mir ja bloß neidisch, daß ich dir die Christl vor der Nase weggeschnappt hab."

„Ich geb zu", sagte Florian nach längerem Ringen, „daß mir das nicht gepaßt hat. Aber ich hab geglaubt, daß die Christl glücklich wird. Leider muß ich nun sehen, daß das nicht der Fall ist, Jakob. Du bist das geworden, was man allgemein einen Lumpen zu nennen pflegt."

Da sprang Jakob Buchner auf. Wirr hing ihm das Haar in die Stirn. Seine Blicke glühten.

„Du wagst es, mich einen Lumpen zu nennen?" fragte er.

„Ich kann nit umhin, Jakob. Dein Benehmen läßt nix anderes zu. Wie oft hast du denn die Christl schon verprügelt? Zehnmal? Zwanzigmal? Hundertmal ..."

„Halt dein Maul!" drohte Jakob nun. „Das ist allein eine Sach' zwischen mir und meiner Frau, merk dir das. Das geht keinen anderen etwas an. Am allerwenigsten dich. So, und für heut hab ich die Schnauze voll. Zahl mich aus! Ich geh heim!"

„Du willst mir bloß ausweichen, Jakob. Du weißt ganz genau, daß ich recht habe, und du weißt auch, daß es so nit weitergehen kann. Was meinst du, wie das alles einmal enden soll?"

„Das kann doch dir vollkommen wurscht sein. Also, rück den Lohn heraus, und dann ist für mich heut Feierabend."

„Jakob, sei doch vernünftig", bat Florian Moosberger. „Es hat doch keinen Zweck, wenn du immer und überall davonläufst. Vor dir selbst kannst du nicht davonrennen. Du mußt etwas tun."

Da bekam Jakob große, runde Augen.

„Aha", bemerkte er mit einem höhnischen Auflachen. „Jetzt erkenn ich, woher der Wind weht. Hat sie dir in den Ohren gelegen? Oder stammt der Plan von dir, mich aus dem Weg zu räumen?"

„Menschenskind, Jakob, ich weiß überhaupt nit, wovon du redest!"

„Aber ich weiß es. Sehr gut weiß ich's. Du, laß dich nit gelüsten, deine Pratz'n nach meiner Frau auszustrecken. Ich tät nit zögern, dir den Frack vollzuhauen!"

„Also, jetzt reicht es mir", sagte Florian. „Wenn man mit dir nicht vernünftig reden kann, dann ist es besser, du gehst, und es wird auch das Beste sein, du kommst nimmer wieder. Auf einen solch unzuverlässigen und trunksüchtigen Arbeiter, wie du das bist, können wir verzichten!"

„Mein Geld!" keuchte Jakob außer sich. Er kam sich vor wie ein Tier, das man in die Enge getrieben hatte. Doch gab es für ihn einen Ausweg. Das bedeutete Flucht. Aber nicht Flucht nach Hause, sondern Flucht ins Wirtshaus.

Dort wurde Jakob von ein paar Zechkumpanen johlend empfangen. Zwei gab es noch im Dorf, die dem Buchner-Jakob das Wasser reichen konnten. Es waren Schludriane, die bisweilen, wenn sie Lust hatten und Geld brauchten, bei einer Baukolonne arbeiteten. Hatten sie Geld, dann hockten sie im Adler-Wirtshaus.

„Mensch, Jakob, seit zwei Tagen hat man dich nit gesehen. Es ist wirklich Zeit, daß du wieder einmal kommst."

„Das mein ich auch", bemerkte nun die Kellnerin Seffa Birnberger, die mit wiegenden Hüften hinter der Theke hervorschlenderte. Sie hatte kastanienbraunes Haar, dem sie künstlich einen leichten Rotstich hatte verpassen lassen.

„Wie schaut's aus, Seffa? Trinkst einen Enzian mit mir?" fragte Jakob. Hier in dieser Umgebung war für ihn alles anders. Hier fühlte er sich wohl, und hier war er auch gut gelaunt. Selbst wenn er einen über den Durst getrunken hatte, wurde er im Wirtshaus nie rabiat. Seine angestaute Wut und Aggression ließ er nur daheim auf dem Hof ab.

„Aber freilich trink ich einen mit dir, Jakob", sagte die schöne Seffa. Sie war eine von den ganz flotten, und in Langenberg hieß es, daß sie ein Mannsbild nicht besonders lang bitten mußte. Die Bäuerinnen verboten ihren Männern den Umgang mit der leichtlebigen Kellnerin vom Adlerwirt. Dem Wirt selbst war Seffas Treiben egal. Es war ihm gleichgültig, ob sie jede Nacht ein anderes Mannsbild mit auf ihre Kammer hinaufschleifte.

Nun schob sie sich an Jakob Buchner heran und ließ sich auf dessen Schoß nieder.

„Fein sitzen ist's bei dir", sagte sie. Ihre Hände fuhren durch sein schwarzes Haar, und sie warf ihm ein paar glutvolle Blicke zu. Bisher war ja noch nichts gewesen. Aber in Aussicht stellte sie ihm schon einiges ...

Sie tranken Schnaps und Bier. Die Stimmung wurde immer ausgelassener.

„Na", meinte Seffa nach einiger Zeit, in der sie selbst mitgetrunken hatte. „Da wird sich aber deine Christl freuen, wenn du heut heimkommst."

„Die Christl kann mir den Buckel runterrutschen, zum Dunnerwetternei!" brüllte er da heraus. „Ja, glaubt ihr denn, ich wär ein Pantoffelheld und tät mir von meiner Frau Vorschriften machen lassen?"

„Ach wo, das glaubt doch keiner", beruhigte Seffa schnell, die nun genau merkte, daß sie eine gewisse Grenze überschritten hatte. Solche Reden vertrug er nämlich nicht besonders gut.

„Tu mir noch einen Schnaps her", sagte er mit düsterer Miene. Es sah nun ganz so aus, als würde ihm aufgehen, daß er wieder alles falsch gemacht hatte. Er hatte Christl doch versprochen, nicht mehr zu trinken, und jetzt saß er wieder im Wirtshaus und war schon beinahe randvoll. Er kniff ein Auge zu und sah die Kellnerin herankommen. Öffnete er beide Augen, dann gab es halt zwei Seffas.

„Schau zuerst einmal nach, ob du überhaupt noch Geld hast", sagte Seffa. „Angeschrieben wird nämlich bei mir nit, das wißt ihr ganz genau."

Er stand auf und konnte sich nur mühsam auf den Beinen halten. Dann suchte er lallend in seinen Taschen.

Es rollten nur noch ein paar Schillingstücke über die Dielen. Blitzgeschwind bückte sich Seffa danach, hob sie auf und ließ sie in ihrer Schürzentasche verschwinden.

„Das langt nimmer für einen Schnaps", sagte sie zu ihm. „Aber ich spar's für dich. Wenn du wieder einmal pleite bist, dann geb ich's dir."

„Tu mein Geld her!"

„Langsam, langsam", meinte sie. „Wenn du besoffen bist, dann schaust, daß du nach Haus' kommst. Hier herinnen wird kein Zinnober gemacht, merk dir das. Wennst nit augenblicklich leis bist und gehst, dann hol ich den Wirt."

Da schwieg Jakob.

„Ich hab drüben in der Baubude noch eine Flasche Schnaps, Jakob", lallte einer der Zechkumpanen. „Wir gehen jetzt auf deinen Hof und machen das Flascherl dort leer. Dann wollen wir gleich einmal sehen, ob deine Frau etwas gegen deine besten Freund' hat."

Als Jakob das Wort Schnaps gehört hatte, war ihm sogleich alles wieder egal. Er ließ seine Handfläche auf die Tischplatte klatschen.

„Jawohl", sagte er. „Das machen wir."

Christl hatte schon geahnt, daß er wieder im Wirtshaus war. Aber er kam heute früher nach Hause als gewöhnlich. Und er kam nicht allein. Sonst hatte er nie jemanden mitgebracht.

*

Irgendwann in der Nacht war dann Anna Hain doch zu Bett gegangen. Christl jedoch lauschte den Zechern, die in der Stube lärmten.

Am folgenden Morgen saß Christl am Tisch in der Küche. Sie hatte den Kopf in die Arme gelegt und war in einen unruhigen Schlummer gefallen.

„Ja", fragte Anna, die eben eintrat, „bist du denn noch nit in deinem Bett gewesen?"

Christl schüttelte müde den Kopf.

„Nein, Mutter, ich hab gar nit hinein können.

Die drei Mannsbilder haben quer über den Ehebetten gelegen. Da bin ich lieber herunten geblieben."

Erst gegen Mittag rührte sich droben etwas. Zunächst kam Jakob herunter. Seine Augen waren rot, wie immer nach dem Trinken. Er war unrasiert, mürrisch und äußerst schlecht gelaunt.

„So", sagte er. „Jetzt schaust zu, daß du ein gescheites Frühstück für meine Kumpel und für mich auf den Tisch bringst."

„Ich hab nix", erwiderte Christl. „Du hättest mir Geld geben müssen, damit ich etwas kaufen kann."

„Was ist denn das für ein Saustall? Kein Frühstück nit? Da muß man sich ja blamieren vor seinen Freunden."

„Schöne Freund' hast du!" stieß Christl bitter hervor. „Schau dir einmal die Stube an. Löcher in die gute Tischdecke gebrannt, Kippen auf dem Boden, zerschlagene Gläser. Es sieht aus wie in einer Spelunke!"

„Dann mußt halt aufräumen", sagte er zu ihr.

„Du hast scheinbar ganz vergessen, was du mir gestern versprochen hast", meinte sie nun.

„Versprochen – versprochen! Du hast doch mit dem Moosberger über mich geredet, ha?"

Er kam wieder in dieser beängstigenden Form so nahe an sie heran. „Was hast du ihm denn erzählt, deinem früheren Liebhaber?"

„Ich hab nie etwas mit ihm gehabt!" schleuderte ihm Christl verzweifelt in das Gesicht.

„Aber ausgreinen kannst du dich bei ihm, gell? Von ihm stammt doch die Idee, mich in ein Alkoholikerheim zu stecken? Gib es doch zu!"

„Das ist nit wahr", sagte Christl; „Kein einziges Wort hab ich mit ihm darüber geredet. Aber ich will es dir sagen, daß er mir oft geholfen hat. Er hat mir Geld gegeben, denn sonst hätt ich manchmal nix auf den Tisch bringen können."

„Ach, du hast ihn um Geld angebettelt?"

„Nicht angebettelt", widersprach sie. „Er hat es mir freiwillig gegeben, weil er das Elend gesehen hat, das du dauernd verursachst."

„Aha, ich verursach also Elend", meinte er. „Wer ist denn schuld an diesem Elend? Doch nur du. Du tust dauernd meckern. Da muß ein Mann ja ins Wirthaus gehen, wenn er es daheim nicht mehr aushalten kann, weil seine Frau mit anderen umeinander tut."

„Das redest du dir nur ein", sagte sie. „Das ist ja eine Wahnvorstellung."

„Ach", höhnte er. „Jetzt willst mich vielleicht auch gar noch für verrückt erklären lassen, ha? Soweit tät es grad noch kommen. Also das machst du mit mir nit. Jetzt geh ich gleich wieder durch, damit du es weißt. Nun geh ich dorthin, wo ich wenigstens ein anständiges Frühstück krieg. Hopp gib mir Geld!"

„Ich hab doch nix", sagte sie. Die paar hundert Schilling, die noch im Haus waren, mußte sie für notwendige Lebensmitteleinkäufe verwahren.

„Ich kenn deine Tricks", sagte er mit einem häßlichen Grinsen. Dann schob er sie zur Seite und ging m die Küche. Sie folgte ihm. Nein, sie erkannte, daß es keinen Zweck hatte, sich gegen ihn aufzulehnen.

„Das Geld ist im Küchenschrank in der großen Kaffeetasse. Nimm es und geh endlich!"

„Besten Dank", sagte er. „Du kriegst es ja wieder. Aber versteh mich doch, ich muß doch meinen Freunden etwas bieten."

„Geh und versauf es wieder", sagte sie. „Bitte!"

Er ging lächelnd an ihr vorbei. Dann kamen seine Kumpane herunter. Es waren ungepflegte und regelrecht verkommene Typen. Christl spürte ein Gefühl des Ekels.

Mit einem erleichterten Seufzer lehnte sie sich schließlich gegen die geschlossene Haustür. Sie war froh, daß er jetzt weg war, denn jetzt hatte sie wohl endlich ihre Ruhe. Aber was würde sein, wenn er zurückkehrte. Würde es nicht noch schlimmer sein?

„Ist er weg?“

„Ja, und mit ihm meine letzten sechshundert Schilling“, sagte Christl. Plötzlich mußte sie lachen. Ja, sie wollte sich direkt ausschütten vor Lachen.

„Bist du verrückt?“ fragte die alte Anna sie.

„Scheinbar schon“, sagte sie. „Wenn ich jemandem das erzähle, dann glaubt mir das kein Mensch. Die sagen wirklich, daß ich verrückt bin, weil ich so etwas mitmache.“

„Laß dich scheiden!“ drängte Anna zum soundsovielten Male.

„Vielleicht“, sagte Christl. „Aber im Augenblick hab ich andere Sorgen. Das Madl braucht dringend neue Schuhe, und ich weiß nit, wo ich das Geld hernehmen soll.“

Da ging Anna nach oben. Ein bissel was hatte sie doch wundersamerweise immer in Reserve.

„Hier ist Geld“, sagte sie. „Fahr mit dem Bus hinüber nach Bergbach! In dem kleinen Schuhladen dort findest du bestimmt etwas Passendes. Nimm Hannerl mit und mach dir einmal einen schönen Tag!“

„Ach Gott, einen schönen Tag“, flüsterte sie hilflos und zerrissen. Wann hatte sie jemals in ihrem Leben schöne Tage gehabt? Das war so lange her, daß sie sich kaum mehr daran erinnern konnte.

Christl tat, was ihr die Mutter empfohlen hatte. Sie zog ihren ärmlich wirkenden Gabardinemantel an und stellte dann fest, daß ihre eigenen Schuhe auch nicht mehr das beste waren. Dünn und ausgelatscht waren sie.

Seufzend nahm sie das Kind an die Hand.

„Also, Mutter, dann geh ich einmal. Ich muß mich schicken, daß ich noch den Bus erwisch."

Als sie dann an der Bushaltestelle stand und mit Hannerl wartete, kamen ein paar Bäuerinnen zu ihr. Hannerl stellte neugierige und ungeduldige Fragen, die Christl hingegen mit großer Geduld beantwortete.

„Na, fahrst dahin?" fragte eine der Bäuerinnen.

„Das siehst du doch, Hinterwangerin", gab Christl gereizt zurück. Sie vermochte diese halb mitleidigen und halb hämischen Blicke kaum mehr zu ertragen. Ein Gang durch das Dorf war für sie mittlerweile ein Spießrutenlauf geworden.

„Weißt, wo dein Alter ist, Christl?"

„In der – in der Säg wird er sein", stammelte sie. Vor Scham und Verlegenheit wurde sie nun blutrot.

„Dein Alter hockt im Wirtshaus und macht mit der schlamperten Seffa umeinander. An deiner Stell' tät ich ein bissel obacht geben."

„Ach, laß mir doch meine Ruh", sagte Christl,

und sie war sehr froh, daß in diesem Augenblick der gelbe Postbus um die Ecke fuhr.

Geschwind stieg sie ein und nahm ganz weit hinten Platz. Die Bäuerinnen, die vorn saßen, tuschelten und raunten. Ab und zu drehten sie die Köpfe. Ihre Blicke wirkten verstohlen und allwissend.

Christl wußte beinahe nicht mehr, wohin sie noch blicken sollte. Heilfroh war sie, als sie endlich in Bergbach den Bus verlassen konnte. Rasch strebte sie zu dem kleinen Schuhgeschäft.

„Rote Schuh will ich, Mami", sagte das Kind verträumt. „Die Großmutter hat mir ein Märchen erzählt von einer Prinzessin. Die hat rote Schuhe gehabt. Da ist ein Prinz gekommen und hat sie mit auf ein großes Schloß genommen. Ja, gar reich ist sie dann geworden."

„Du kriegst ja deine roten Schuh", sagte Christl tief angerührt. Sie fühlte ihre Augen feucht werden. Sie wußte ja, wie wenig sie ihrem Kind gönnen konnte. Ganz arm wuchs das Hannerl auf. Aber wenigstens war die Kindheit nicht ganz und gar freudlos, denn Mutter und Großmutter schenkten dem Hannerl alle Liebe ihrer Herzen.

Christl hatte Glück. Es ließ sich ein preisgünstiges Paar rote Schuhe finden, über die Hannerl in ein begeistertes Jubeln ausbrach.

„Mei", sagte das Kind andächtig. „So schöne Schuh. Da kommt bestimmt ein Prinz, gell, Mami?"

„Ganz bestimmt", versicherte Christl und zog ihr kleines Madl voll inniger Zärtlichkeit an sich.

Später ging Christl in eines der Kaffeehäuser, die allesamt sehr vornehm und elegant waren, weil hier die Sommerfrischler Einkehr hielten. Christl wagte sich kaum, auf einen der weich gepolsterten Stühle zu setzen

„Was darf's denn sein, bitte?" Ein junges Madel in dunkler Kleidung, weißem Schürzchen und weißem Häubchen war an den Tisch getreten.

„Ach Gott", stammelte Christl überrascht. „Für das Madl einen Eisbecher und für mich bittschön eine Tasse Kaffee."

„Es gibt nur Portionen", sagte die Serviererin.

„Ach Gott", bat Christl, „dann bringen S' mir eine Limonad' bittschön."

Sie mußte sparen. Sie mußte jeden Schilling dreimal umdrehen, bevor sie ihn ausgab. Die Schuhe hatten doch ziemlich viel Geld verschlungen.

Begeistert und voller Genuß löffelte das Kind den großen, mit Früchten und Sahne verzierten Eisbecher. Eine solche Köstlichkeit hatte Hanerl bisher nur einmal bekommen. Damals war sie von einer Sommerfrischlerin eingeladen worden, die kurzfristig auf dem Hainhof Quartier bezogen hatte. Doch es war nicht ausgeblieben, daß Jakob mit seinem ekelhaften Benehmen auch diese Frau wieder vertrieben hatte. So wagte es Christl nicht, ein zweites Mal zu vermieten, obwohl dies eine gute Einnahmequelle gewesen wäre.

Dann kam die Rechnung.

„Um Gottes willen“, sagte Christl. „Fünfzig Schilling für den Eisbecher und zwanzig für die Limonad'. Ja, seid ihr denn narrisch geworden?“

„Ich mach die Preise nicht, meine Dame“, sagte das junge Mädchen und klopfte ungeduldig mit der Schuhspitze auf den Boden. „Bittschön, wollen S' jetzt bezahlen oder nicht? Es warten auch noch andere Leute.“

„Ja, ja“, sagte Christl. Dann nahm sie ihr abgegriffenes Portemonnaie und zählte das Geld heraus.

Jetzt besaß sie noch genau sechzig Schilling. Das würde nicht einmal für den Bus reichen. Verzweiflung kam in Christl auf. Mit dem Bus war man eine halbe Stunde und zu Fuß vielleicht fünf oder noch mehr unterwegs. Sie konnte doch unmöglich mit dem Kind den weiten Weg gehen.

Sie überlegte hin und her.

„Hannerl“, sagte sie dann traurig zu dem

Kind. „Madl, ich fürcht, wir müssen deine schönen roten Schuh wieder in den Laden bringen. Mami hat kein Geld mehr. Es langt uns nimmer für den Bus."

„Dann krieg ich doch keinen Prinzen, Mami?" beklagte sich Hannerl.

„Es nutzt nix", meinte Christl seufzend. Sie kam sich nun unendlich dumm vor. Warum hatte sie denn nicht vorher gefragt, was Eis und Limonade kosten wurden? Dann wäre es nicht soweit gekommen.

Während sie mit dem widerstrebenden Hannerl auf den Schuhladen zuging, hupte hinter ihr ein Auto. Sie drehte sich um. Freudiges Erkennen glitt über ihr Gesicht.

„Florian!" rief sie. „Ja, was machst du denn da?"

„Ich hab etwas zu erledigen gehabt. Willst dem Madl gewiß Schuhe kaufen? Oder vielleicht für dich welche?"

„Ich hab schon fürs Hannerl welche gekauft. Aber ich bin eine blöde Gans, weißt." Nun mußte sie lächeln. Sie war überglücklich, denn sie wußte, Florian würde sie mit zurücknehmen.

Als sie später im Auto saßen, erzählte sie ihm diese Geschichte. Dann mußte sie herzlich lachen.

„Ganz gewiß hat dich der Himmel geschickt", sagte sie. „Dies war eine winzig kleine Freude in ihrem Leben, und doch war es jetzt alles für sie.

„Weißt du was", meinte er. „Jetzt gehen wir auf den Brunnhof. Dort haben sie ein wunderschönes Café eingerichtet. Dann wirst auch du ein Eis essen, und das Hannerl kriegt noch einmal eines, wenn es mag."

„Ja, ich möcht eines mit einem Schirmchen drauf, so wie's die Dame neben mir gehabt hat", verlangte Hannerl.

„Wirst du wohl bescheiden sein?" schimpfte Christl. Aber im Grund konnte sie ihrem Kind nicht böse sein.

So saßen sie später zu dritt auf der Terrasse im Sonnenschein. Seidig war die Luft. Ein paar Schäfchenwolken standen über den herrlichen Bergen, und im nahen Wald rauschte sanft der Wind.

„Ach", sagte Christl, „ist das schön. Ich hätt nie gedacht, daß der Tag so schön sein wird."

„Weißt", sagte Florian plötzlich, „wie ich mir vorkomm?"

„Nein", antwortete Christl und hatte ein sonniges Lächeln im bleichen Gesicht.

„Als hätt ich eine richtige Familie", sagte er. Da schoß ihr das Wasser in die Augen, und sie wandte sich ab.

Eine richtige Familie! Christl dachte darüber

nach, ob sie jemals eine solche besessen hatte und ob es jemals wieder ein richtiges Familienleben für sie geben würde.

★

Als sie zurückkehrten, wollte es der unglückliche Zufall, daß Jakob Buchner seine Frau im Auto des Florian Moosberger sitzen sah, als Jakob eben das Wirtshaus verließ. Sein Blick war umnebelt, denn Jakob hatte wieder einmal getrunken. Aber trotzdem glaubte er nicht, sich getäuscht zu haben. Eiskalte Wut, vermischt mit maßloser Eifersucht stieg in ihm hoch. Er machte sich daran, auf den Hainhof zurückzustiefeln.

Auf dem Weg dorthin begegnete ihm Florian, der auf dem Rückweg war. Florian fuhr langsamer und hielt schließlich den Wagen an. Er drehte das Fenster herunter.

„Was hast du mit meiner Frau zu schaffen?“ fragte Jakob mühsam lallend. Seine Augen waren wie immer, wenn er getrunken hatte, rot gerändert.

„Ich hab deine Frau von Bergbach herübergefahren“, erklärte Florian. „Das war alles!“

„So, und das soll ich dir glauben? Na wart, mit der Christl werd ich jetzt ein ernstes Wörtl reden.“

Damit ging er auf den Hof zu.

Florian wendete kurz entschlossen seinen Wagen und fuhr zum Hainhof zurück. Dort empfing ihn fürchterliche Brüllerei. Jakob tobte wie ein Besessener.

„Neue Schuh kaufen", schrie er, „wo eh kein Geld im Haus ist! Ich glaub, daß du ein bissel einen Vogel hast, oder wie seh ich das?"

Christl saß bleich und zitternd in der Diele. Das kleine Hannerl war mit der Großmutter nach oben geflohen. Ein schöner Traum war wieder einmal zu Ende gegangen. Auch für Christl war dieser Traum vorbei.

Wie ein Stier stand er vor ihr.

„Du drückst dich mit dem Moosberger herum! Ja, vielleicht bist du auch diejenige gewesen, die ihm gesagt hat, daß er mich hinausschmeißen soll!"

„Du ... du bist entlassen?" stammelte Christl fassungslos.

„Jawohl, ich bin entlassen, und du kaufst neue Schuh für das Madl!"

„Das Geld war von meiner Mutter!" rief Christl verzweifelt aus.

„O ja", höhnte er ihr entgegen. „Die Alte hockt ja auf ihrem Geld. Für einen solchen Schmarr'n hat sie Geld."

„Ich kann das Madl nit barfuß laufen lassen!" rief Christl daraufhin.

Er war beherrschungslos. Nun torkelte er auf

Christl zu und hob seine Hand.

Da griff Florian ein. Er schnappte den Jakob und wirbelte ihn herum.

„Wenn du sie noch einmal anrührst, dann verprügel ich dich, merk dir das!"

Zunächst schien Jakob überhaupt nicht mitbekommen zu haben, was geschehen war. Er nahm den Moosberger-Florian wohl wie durch einen Schleier wahr.

„Raus!" keuchte er schließlich. „Raus! Du verläßt sofort mein Haus!"

„Noch alleweil gehört das Haus der Hain-Anna", sagte Florian.

Da merkte Jakob, daß er nun zurückstecken mußte. Durch den starken Alkoholgenuß war seine Reaktion ganz erheblich herabgesetzt.

Keuchend und mit eingezogenem Nacken stand er vor Florian Moosberger.

„Du!" stieß er hervor. „Du, das letzte Wörtl ist noch nit gesprochen, merk dir das!"

Damit verließ er wieder das Haus.

Christl saß weinend auf der Eckbank.

„Du mußt ihn verlassen, wenn du nicht willst, daß es zu einem Unglück kommt", sagte Florian nun sehr ernst.

„Ja, schon", wimmerte Christl. „Aber wo soll ich denn hin? Was um alles in der Welt soll ich denn machen? Ich kann doch nit einfach davonlaufen."

„Christl, tu mir einen Gefallen und geh hinauf und hol deine Mutter!"

Wortlos stand die junge Bäuerin auf und ging über die Stiege nach oben. Wenig später stand Anna Hain mit dem Hannerl drunten in der Diele.

„Ihr werdet jetzt das Notwendigste zusammenpacken und dann mit mir kommen. Ihr könnt die Wohnung im Beihäusl von der Säg haben."

Anna Hain versuchte zu protestieren.

„Ich kann doch nit mein Zeugl im Stich lassen", sagte sie.

„Wenn du willst, daß es vielleicht einmal ein schreckliches Unglück gibt, dann kannst du ja hier hocken bleiben", bemerkte Florian.

„Christl, ich bitt dich, denk doch an dein Kind. So geht es ganz einfach nicht weiter. Du mußt ihn verlassen. Glaub mir, Christl, ich sag das ohne Eigennutz. Ich will euch doch nur helfen, verstehst du das denn nicht?"

Da nickte sie. Ihre Augen waren blind vor Tränen.

„Er hat recht, Mutter", flüsterte sie mit tonloser Stimme. „Wir müssen weg. Wenn er wieder kommt, dann kann es ganz und gar schrecklich werden. Ich muß an dich und ans Hannerl denken. Komm, Mutter, hilf mir beim Zusammenpacken!"

So geschah es, daß die beiden Frauen zusammen mit dem Kind den Hainhof verließen. Das Notwendigste packten sie in einen Koffer.

Mit Einverständnis seines Vaters und des Bruders quartierte Florian die drei in dem Beihäusl neben der Säge ein. Hier hatte früher einmal Florians Großmutter gelebt. Nachdem sie gestorben war, hatte man die drei Kammern mit der kleinen Küche nicht mehr benutzt.

„Es ist nicht das Nobelste", sagte Florian. „Ich weiß es. Aber zunächst wird es euch wohl genügen. Ich werd dafür sorgen, daß frische Tapeten aufgeklebt werden. Die Fenster müssen auch gestrichen werden. Dann sehen wir weiter. Jedenfalls habt ihr hier eure Ruhe und euern Frieden."

„Hoffentlich", flüsterte Christl Buchner.

„Ist es nit furchtbar", murmelte Anna, „daß man so von der Heimat weg muß? Mein Gott, Madl, warum hast du ausgerechnet den Buchner-Jakob nehmen müssen? Weshalb hat es denn nit der Florian sein können? Du siehst doch selber, welch guter Mensch er ist."

„Ach, Mutter", sagte Christl. „Längst hab ich ja meinen Fehler eingesehen. Aber was soll ich denn jetzt noch machen?"

„Jetzt, wo du da bist und wir unsere Sicherheit haben, kannst du dich vom Florian nach Innsbruck fahren lassen und um die Scheidung eingeben. Wenn du geschieden bist, können wir auf den Hainhof zurückkehren und endlich in Frieden leben."

„Ja, Mutter", sagte Christl, „Ich werd es diesmal so machen, wie du meinst."

★

Spät am Abend kehrte Jakob Buchner auf den Hainhof zurück. Er wunderte sich darüber, daß kein Licht in der Diele brannte. Mit schwerer Schlagseite trat er ein. Dann suchten seine Finger nach dem Lichtschalter. Er knipste das Licht an.

„Christl!" rief er mit streng und barsch klingender Stimme. „Christl, komm herunter und mach mir etwas zu essen! Ich hab Hunger!"

Stille!

„Hörst du nit, wenn ich dich ruf?" grölte er nun. „Ich gehe hinauf und hau dich aus dem Bett heraus, damit du es weißt. Hopp, Christl, mach!"

Nachdem er keine Antwort bekam, stapfte er wütend die Stiege hinauf. Er meinte, Christl, die Mutter und das Kind seien bereits zu Bett gegangen, denn immerhin war es schon zehn Uhr vorbei.

Er riß die Tür zur Ehekammer auf, schaltete das Licht ein und stellte fest, daß die Betten unberührt waren. Ein Gefühl der Unbehaglichkeit keimte nun in ihm hoch. Er trat hinaus auf den Gang, stolperte, stürzte und rappelte sich wieder auf. Dabei stieß er einen gotteslästerlichen Fluch hervor. Dann ging er zur Kammertür seiner Schwiegermutter, riß diese ebenfalls auf und stellte fest, daß auch deren Bett unberührt war. Schließlich stolperte er zu der Kammer, in der Hannerl zu schlafen pflegte. Auch hier war das gleiche.

Da tappte er hinunter und schaute auch in den übrigen Räumen nach.

Fort! schoß es ihm durch den Kopf. Sie sind fort! Aber sein Hirn war zu dieser Stunde viel zu umnebelt, als daß er einen klaren Gedanken hätte fassen können. Er vermochte nicht, sich einen Reim darauf zu machen.

In der Küche fand er neben dem Spülstein noch einen Rest Schnaps in einer Flasche. Diesen Rest schenkte er sich in ein Wasserglas und spülte ihn dann mit einem Zug hinunter. Daraufhin tappte er hinauf in die Ehekammer und ließ sich angezogen auf das Bett sinken. Vor seinen Augen kreisten wilde Feuerräder. Ihm war jetzt richtig übel. Aber dennoch schlief er ein.

Er erwachte am folgenden Morgen mit einem dumpfen, schweren Schädel. Mühsam stand er auf, ging hinunter an den Brunnen, um sich dort zu waschen und betrat dann wieder das Haus.

Jetzt wurde ihm klar, daß Christl ihn verlassen hatte. Sie, ihre Mutter und das Kind waren gegangen. Aber wohin waren sie gegangen?

Da kam im dunkel die Erinnerung an Florian Moosbergers Besuch. Er machte sich daher auf den Weg zur Säge. Franz Moosberger, der Besitzer des Sägewerks, trat ihm entgegen.

„Was willst du, Buchner?" fragte er ihn. „Weißt du nicht, daß du entlassen bist? Du hast auf diesem Grund und Boden nichts mehr verloren, hast mich verstanden?"

„Wo ist meine Frau?" fragte Jakob Buchner keuchend. „Was habt ihr mit ihr gemacht? Wo habt ihr sie hingeschafft?"

„Deine Frau ist auf der Säge", erklärte Franz nach kurzem Überlegen. „Hier bei uns ist sie in Sicherheit. Du wirst sie hier in Ruhe lassen. Wenn du das Häusl betrittst, in dem sie wohnt, werd ich unverzüglich mit der Gendarmerie telefonieren, merk dir das!"

Da schlich er wie ein geprügelter Hund davon. Er fühlte, daß ihm nun die Hände gebunden waren. Hatte er am Ende gar den Bogen nun doch zu sehr überspannt? Er lief um die Säge herum bis hinüber zum Bächlein. Von dort aus konnte er das Beihäusl sehen. Die Fenster waren geöffnet. Er wartete eine ganze Weile. Dann sah er Christls blondes Haar am Fenster.

„Christl!" rief er. Er bemerkte, wie die junge

Frau stockte. Ganz und gar steif blieb sie stehen und wandte sich dann langsam um. In ihrem Gesichtsausdruck war namenloses Entsetzen. Es trennten das Haus ja nur ein kurzes Wiesenstück und der Bach von Jakob Buchner.

„Christl, was ist denn in dich gefahren?" fragte er sie. „Du kannst doch nit einfach davonlaufen und mich auf dem Hainhof hocken lassen. Na, was meinst du wohl, was die Leut sagen?"

„Laß mir meine Ruh'!" stieß Christl mit letzter Kraft hervor. „Geh weg und laß mir meine Ruh'!"

Damit schlug sie das Fenster zu.

„War das nit der Jakob?" fragte Anna, die eben aus der kleinen Küche trat und sich an der Schürze die Hände abwischte.

„Ja, das war der Jakob", murmelte Christl. „Mein Gott, find ich denn nie Ruh' vor ihm?"

Später ging sie hinüber zum Haupthaus und berichtete Florian von Jakobs Besuch.

„Du brauchst dich nicht zu fürchten, Christl", sagte Florian mit einem weichen und zärtlichen Lächeln. „Franz hat ihm ein für allemal das Betreten unseres Grundes untersagt. Wenn er einfach kommt, dann ist das Hausfriedensbruch, und das ist strafbar. So besoffen ist er nicht, daß er es nicht weiß. Bei der Nacht sperrst du halt die Türen gut ab. Wenn er kommen und pumpern sollt, dann holen wir die Gendarmerie. Anders geht es nicht, Christl."

„Mei, Florian, ich bin dir ja so dankbar. Wenn ich nur wüßte, wie ich das wieder gutmachen kann."

„Du brauchst es nicht wieder gutzumachen", sagte er abwehrend. „Wichtig ist, daß du zuerst einmal Ordnung in dein Leben bringst. Du mußt dich vor Gott und der Welt von diesem Mann trennen, Christl."

„Ich weiß! Da du zu mir hältst, ist es alles viel leichter für mich. Jetzt werd ich es auch schaffen, von ihm wegzukommen. Jetzt, wo ich mich so sicher fühle."

„Laß gut sein, Christl! Versuch jetzt erst einmal ein paar Tage in aller Ruhe darüber nachzudenken! Dann werden wir probieren, daß wir dieses Problem gemeinsam lösen. Wenn du es willst, dann helfe ich dir dabei."

„Danke, Florian", sagte sie „Vielen Dank!"

Natürlich blieb es in einem so kleinen Dorf wie Langenberg nicht verborgen, daß Christl Buchner ihren trunksüchtigen und brutalen Mann verlassen hatte. Die einen, vor allen Dingen die älteren, traditionsbewußten Bäuerinnen, schimpften darüber. Sie waren der Meinung, daß man Haus und Hof nicht im Stich lassen durfte, egal, was auch immer geschehen sollte.

Es gab allerdings auch nicht wenige, die Partei für Christl ergriffen.

„Endlich ist sie einmal gescheit geworden“, bemerkten die. „Hoffentlich schafft sie's, sich endlich von diesem Lumpenhund zu lösen.“

Dann gab es noch eine dritte Gruppe.

Dieser Gruppe gehörten die Neider an.

„Der Moosberger wird schon wissen, warum er sie so unterstützt. Er wird schon sein Gutes aus der Sach' herausholen. Aber zwischen dem Buchner-Jakob wird's noch einmal zu einem Drama kommen.“

Ein paar Tage vergingen, in denen Christl in Ruhe über alles nachdachte. Ja, Florian und die Mutter hatten recht: die Scheidung von Jakob war die einzige Möglichkeit, Ruhe, Ordnung und Frieden in ihr Leben zu bringen. Mit einem solchen Schritt würde Christl ihren Fehler wieder korrigieren können.

In der Zwischenzeit war etwas geschehen, was die Dörfler jedoch maßlos schockierte. Auf irgendeine Art und Weise war es dem Buchner-Jakob gelungen, die schluddrige Birnberger-Seffa zu bewegen, zu ihm auf den Hainhof zu ziehen.

„Also, also, das ist doch die Höhe!“ keuchte Anna. „Da bringt der das fertig und holt sich ein so g'schlampertes Weibsbild auf meinen Hof. Christl, das laß ich nit zu.“

Doch Christl blieb sonderbarerweise sehr ruhig. Gerade jetzt fühlte sie ganz deutlich, daß sie mit ihrem Mann nichts mehr verband. Die Liebe früherer Tage war verweht und erloschen. Selbst wenn sich Jakob zehn solcher schluddrigen Kellnerinnen auf den Hof geholt hätte, wäre es Christl gleichgültig gewesen.

„Laß ihn, Mutter", sagte Christl daher. „Wenn wir erst einmal geschieden sind, dann kann man ihn mit einer Räumungsklage vom Hof wegbringen. Dann muß er ganz einfach gehen und mit ihm auch die Seffa."

„Na ja", knurrte Anna. „Das mag wohl recht gut sein. Aber frag dich einmal, wie unsere Sach' hinterher aussieht. Was meinst du denn, was der jetzt auf dem Hof für eine Lumperei treibt? Ach naa, Madl, ich weiß gar nit, ob es so gut gewesen ist, daß wir weggegangen sind."

„Mutter, jetzt sind wir weg", sagte Christl. „Ich geh doch jetzt nit auf den Hof zurück, bloß damit die Seffa verschwindet. Nein, Mutter, das kannst du nit von mir verlangen. Ich muß an das Kind und auch einmal an mich selbst denken. Verstehst du das denn nit?"

Nach einer Weile des Überlegens nickte Anna.

„Na ja, es läßt sich wohl mit finden", murmelte sie. „Hoffentlich geht alles gut."

*

Mit falschen Versprechungen und Lügereien hatte es Jakob geschafft, Seffa Birnberger zu sich zu holen. Er hatte ihr vorgeschwindelt, der Hof sei bereits in seinem Besitz und nachdem ihn Christl verlassen habe, habe sie kein Recht mehr daran. Darin sah die glücklose Kellnerin eine Möglichkeit, einmal zu etwas Eigenem zu kommen. Sie tat ihm schön, obwohl er ihr im Grunde eigentlich gleichgültig war.

In Seffas Leben hatte es etliche Männer gegeben, und es existierten auch neben dem Buchner-Jakob noch einige. Einer davon war der Steinwanger-Gustl aus dem Dörfl Öd, das hinter dem Buckel lag. Von Öd herüber war es eine halbe Wegstunde.

Der Steinwanger-Gustl war ein großer, blonder Bursch mit einem allerdings finsteren Wesen. Er liebte Seffa über alles. Natürlich wußte auch er ebensowenig wie der Buchner-Jakob, daß die Seffa beide nach Strich und Faden betrog. Von Gustl bekam sie ab und zu Geld, und beim Buchner konnte sie umsonst auf dem Hainhof wohnen, denn der Adlerwirt hatte ihr immer einen Teil vom Monatslohn für die windige Dachkammer einbehalten. Dieses Geld konnte Seffa sich ja nun sparen.

An einem Samstag, als Seffa ins Wirtshaus

zum Arbeiten wollte, tauchte ganz plötzlich der Steinwanger-Gustl hinter einer Fichte auf und schoß auf Seffa zu. Heute erst hatte er erfahren, daß sie auf dem Hainhof lebte.

„Hast du einen Knall, Seffa?“ fragte er sie. „Du kannst doch nicht zu einem Bauern ziehen, dem die Frau davongelaufen ist. Was reden denn die Leut?“

„Was die Leut reden, ist mir egal“, bemerkte Seffa. „Ich führ dem Buchner ja lediglich den Haushalt, nachdem ihm seine Alte davongelaufen ist.“

„So, den Haushalt führst ihm. Na, das find ich ja lustig, Seffa. Wo schläfst denn auf dem Hainhof? In der Ehekammer, ha?“

„Was geht's dich an!“ fauchte sie. „Ich muß ja schließlich auch zusehen, wo ich bleib, oder nit?“

„Ich hab dir alle Monat ein paar tausend Schilling gegeben. Meinst du, ich hab das umsonst gemacht?“

Seine braunen Augen waren nun zu schmalen Schlitzen verengt. Hart hatte er sie am Handgelenk gepackt. Er drückte immer fester zu, bis Seffa leise aufschrie. In ihren grünschimmernden Augen flackerte Furcht.

„Laß mich los“, keuchte sie. „Laß mich auf der Stell' los, sonst schrei ich um Hilfe!“

„Es ist weit und breit keines zu sehen“, sagte

Gustl grinsend. „Hör zu, du wirst wieder weggehen vom Buchner!"

„Ich denk doch überhaupt nit daran!" stieß Seffa hervor. Dann neigte sie den Kopf und schlug ihre Zähne in seinen Handrücken. Mit einem Aufschrei ließ er sie los.

„Du Katz'!" keuchte er. „Du wilde Katz'. Na wart, dich werd ich schon noch zähmen ..."

„Laß das Madl los!"

In diesem Augenblick war Jakob Buchner aus dem Haus getreten und die wenigen Meter den Hang hinunter gelaufen.

„Deine Haushälterin ist sie also? Ich tät so etwas anders nennen."

„Ich werd die Seffa heiraten, wenn ich geschieden bin", eröffnete Jakob Buchner dem vollkommen verdatterten Steinwanger-Gustl.

„Also ist es doch wahr", keuchte der. „Hintergangen hat sie mich."

Die beiden Männer traten aufeinander zu. Eine ungeheure Spannung begann sich zwischen ihnen auszubreiten. Seffa witterte Unheil.

„Hört auf zu streiten, ihr narrischen Mannsbilder!" rief sie. „Geht zusammen ins Wirtshaus, trinkt einen und redet euch aus!"

„Mit einem solchen wie mit dem, werd ich wohl reden!" stieß Gustl Steinwanger verächtlich hervor. Dann wandte er sich um und ging mit raschen Schritten davon.

„Seffa, was hat denn das zu bedeuten?" erkundigte sich Jakob Buchner. Er hatte wieder einmal seine nüchterne Phase. Beinahe fassungslos blickte er in ihr hübsches Gesicht.

„Ach, mach dir nix daraus", sagte sie und winkte ab. „Er ist und bleibt ein Spinner. Weißt, der hat sich halt etwas eingebildet. Aber jetzt bist nur noch du für mich da, mein guter Jakob. Gehst gleich mit mir hinunter ins Wirtshaus?"

„Freilich geh ich mit", sagte Jakob Buchner. „Was soll ich denn allein auf dem Hof?"

„Du", begann sie unterwegs zu plaudern. „Du müßtest unbedingt schauen, daß du wieder ein bissel zu Geld kommst."

„Wie soll ich denn das machen?" fragte er sie.

„Ihr habt doch die große Bachwiese. Der Jochenbauer wäre daran interessiert. Ich könnt das Geschäft vermitteln."

Jakob wußte ganz genau, daß er die Wiese ohne das Einverständnis seiner Schwiegermutter überhaupt nicht verkaufen konnte. Aber das konnte natürlich die Seffa nicht ahnen.

Am Abend hatte sie den Jochenbauer, einen kleinen, beinahe zahnlosen Mann, in die Wirtschaft bestellt. Der verhandelte nun mit dem Buchner-Jakob.

„Ja, du, sag einmal, wie geht denn das überhaupt? Der Hainhof gehört doch der Anna."

„Nicht mehr", log Jakob. „Sie hat doch schon vor zwei Jahren an mich und an die Christl übergeben. Und die Christl hat mir dann ihren Anteil überschrieben. Jetzt gehört mir der Hainhof allein."

„Ja, wenn das so ist, dann tät eigentlich einem Kauf nix im Weg stehen, oder?"

„Nein", log Jakob weiter. „Einem solchen Kauf steht nix im Weg. Ich tät halt für die Wiese vierzigtausend Schilling wollen."

„Vierzigtausend? Bist du narrisch? Mit dreißigtausend wär die noch überbezahlt."

„Vierzigtausend", sagte Jakob, „oder ich geb die Wiese nit her."

Der Jochenbauer überlegte eine Zeitlang. Schon lange war er scharf auf das Grundstück. Anna hatte sich bisher stets geweigert, es ihm zu verkaufen, da es für sie scheinbar genauso wichtig war. Sie hatte es ihm auch nicht verkauft, als man das meiste der Flur auf dem Hainhof nicht mehr bewirtschaftete, sondern nur verpachtete. Der Jochenbauer und die Anna waren halt einander nie grün gewesen, so daß sie ihm die Wiese nicht einmal hatte verpachten wollen.

Somit sah der Bauer nun eine einmalige Gelegenheit, zu diesem heißbegehrten Grundstück zu kommen.

„Also gut", sagte er daher nach einer Weile. „Ich nehm's für vierzigtausend."

„Wann krieg ich das Geld?" fragte Jakob Buchner, wobei in seine Augen ein gieriger Glanz trat.

„Ich kann erst morgen zur Sparkasse gehen", antwortete darauf der Jochenbauer. „Ich bring dir's hinauf auf den Hof, und dann machen wir auch einen Kaufvertrag. Die Kosten für die Umschreibung im Grundbuch übernimmst allerdings du."

„Freilich, freilich", beeilte sich Jakob zu versichern.

Später, als der Bauer wieder gegangen war, kam Seffa an Jakobs Tisch.

„Na?" fragte sie neugierig. „Wie ist es denn gegangen?"

„Nit schlecht", sagte Jakob. „Er hat die Wiese gekauft. Ich krieg vierzigtausend dafür."

„Na fein", sagte Seffa. „Da wird wohl für mich so ein bissel Vermittlungsgebühr herausschauen, oder nit?"

„Bist mit fünfen zufrieden?" fragte er sie und zwinkerte mit den Augen.

Er mußte sich bei ihr Liebkind machen, denn wenn sie auch noch den Hof verlassen würde, dann wäre er wohl ganz und gar aufgeschmissen.

Einige Wochen später ging die Hain-Anna mit ihrer Enkeltochter Hannerl am Bachrand spazieren. Da bemerkte sie, daß der Jochenbauer die Wiese mähte. Zorn schoß in ihr hoch.

„Wart da, Hannerl“, sagte sie zu dem Kind. „Ich muß einmal etwas nachschauen.“

Da hob sie ihre Röcke ein bissel an und stiefelte schnurstracks auf den Jochenbauer zu.

„Was tust du denn mit meiner Wiese?“ fragte sie ihn keuchend und fassungslos. Da zeigte er ihr ein zahnloses Grinsen.

„Von wegen deiner Wiese“, bemerkte er. „Da kann ich doch nur lachen, Anna!“

„Was heißt das?“

Etwas Furchtbares schwante ihr, das er ihr auch wenig später bestätigte.

„Ja, ein solcher Lump!“ stieß sie hervor. „Weißt du denn nit, daß der überhaupt kein Recht hat, dir die Wiese zu verkaufen? Der steht doch nit im Grundbruch drinnen. Alleweil bin ich noch die Eigentümerin.“

„So?“ fragte der Alte und wurde ein bissel blaß. „Stimmt denn das auch, Anna!“

„Hernach brauchst nur zum Grundbuchamt zu gehen und nachzuschauen. Dann wirst du es schon sehen.“

„Aber ich hab vierzigtausend Schilling bezahlt“, flüsterte er.

„Dann hat er dich beschissen“, meinte Anna. Sie mußte grinsen. „Einem, wie du es bist, gönn ich das auch, Jochenbauer. Warst schon alleweil scharf auf meine Wiese. Aber jetzt bist du halt einem Betrüger aufgesessen. Dafür kann ich nichts."

„Ja aber, was soll ich denn jetzt machen, Anna?"

„Schauen, daß du dich von meiner Wiese schleichst", sagte sie. „Sonst ist etwas fällig."

Da ging er.

Anna kam vollkommen aufgelöst in das Beihäusl der Säge zurück. Florian war drüben und machte einen Besuch. Er kam überhaupt öfter und erkundigte sich, ob die Frauen etwas benötigten.

„Stellt euch vor, was der Jakob verzapft hat", begann sie außer Atem vom schnellen Lauf. Dann berichtete sie, was ihr eben auf ihrer Bachwiese widerfahren war.

„Du hast doch keinen Schaden davon, Hainhoferin. Den Schaden wird nur der Jakob haben, denn der Jochenbauer wird ihn bestimmt jetzt verklagen."

„Du mußt hinauf und ihm die Meinung sagen ..."

„Nein, das muß er nit", verfügte Christl. „Laßt ihn da droben wurschteln, wie er mag. Der Anwalt hat mir gesagt, daß die Scheidung eh bald durch sein wird ...

★

Es war an einem Freitag, als Florian und sein Bruder länger als gewöhnlich auf einer Holzauktion ausblieben. Jakob Buchner mußte davon gewußt haben. Jedenfalls begab er sich zum Beihäusl der Säge und randalierte dort wie ein Verrückter.

Der alte Moosberger schließlich rief die Gendarmerie, die dann den tobenden Buchner-Jakob entfernten.

„Na wartet", grölte er in seiner Trunkenheit. „Euch werd ich das Fürchten schon noch lernen."

Als Florian später zurückkehrte und davon hörte, war er sehr erbost.

„Jetzt reicht es mir", sagte er. „Jetzt werd ich ihm einmal anständig Bescheid stoßen. Ich werd hinaufgehen auf den Hainhof und ihm etwas erzählen, das er sich hinter die Ohren schreiben kann."

Christl hatte eine sonderbare, dumpfe Vorahnung. Sie hielt Florian am Arm fest.

„Nein, Florian", bat sie ihn. „Bitte, geh nicht hinauf. Die Gendarmerie hat ihn doch weggebracht."

„Ich möcht aber nit, daß sich so etwas wiederholt!" stieß Florian heftig hervor. „Man muß ihm einmal den Kopf zurechtrücken. Auf unserem Grund und Boden hat er ganz einfach nichts mehr verloren."

Christl Buchner schaffte es nicht, den einstigen Jugendfreund davon abzuhalten, auf den Hainhof zu gehen. Voller Zorn machte sich Florian auf den Weg.

Auf dem Hainhof brannte Licht, als Florian ankam. Er glaubte, im Inneren des Hauses sogar einen Schatten an den Fenstern zu sehen.

Noch gute zehn Meter war er von dem Gehöft entfernt, als er einen Mann aus dem Haus huschen und über den Hang im nahen Wald verschwinden sah.

So ein Feigling, dachte Florian. Jetzt hat er mich vielleicht kommen sehen und geht durch vor lauter Feigheit.

Dennoch wollte sich Florian davon überzeugen, ob es tatsächlich der Buchner-Jakob gewesen war, der aus dem Haus gelaufen kam. Daher ging er auf die offenstehende Haustür zu.

„Buchner!" rief er.

Na ja, gut, dachte Florian bei sich. Du wirst schon wiederkommen. Dann werd ich halt auf dich warten.

Er stieß die Stubentür auf, denn in der Stube brannte ebenfalls Licht.

Da prallte Florian entsetzt zurück. Auf den Dielen lag der Buchner-Jakob. In seinem Rücken steckte ein Messer mit einem Hirschhorngriff.

„Um Gottes willen", stammelte Florian. Er war furchtbar verwirrt und durcheinander.

Florian stürzte auf Jakob zu kniete neben ihm auf den blutgetränkten Dielen nieder und versuchte, das Messer aus dem Rücken zu ziehen. Doch es war zu fest. Er schaffte es nicht.

Plötzlich gellte ein Schrei aus einer Frauenkehle durch den Raum.

Florian drehte sich um. Da sah er die Kellnerin Seffa an der Tür stehen. Ihr Gesicht war steinweiß.

„Mörder!" kreischte sie wild auf. „Du Mörder!"

„Sei doch leis, Seffa", stammelte Florian in seiner Not. „Ich war es nicht! Ich bin es nicht gewesen, das mußt du mir glauben. Ein Mann lief aus dem Haus. Ich ..."

Doch sie hörte nicht auf ihn. Sie rannte ganz einfach los und schrie.

Im Nu war ganz Langenberg auf den Beinen. Die Sensation witternd machten sie sich alle auf den Weg zum Mordhaus.

Die ersten, die ankamen, hielten Florian fest. In seiner Verzweiflung und Erstarrung war er nicht davongelaufen, sondern stand da und blickte immer noch auf den Buchner-Jakob, dem man zweifellos ansah, daß er tot war.

Diese schreckliche Kunde drang auch in das Beihäusl auf der Säge.

„Oh, du mein Gott!" flüsterte Christl. „Ich hab doch geahnt, daß es zu einem Unglück kommen wird. Warum, um alles in der Welt, hatte er denn nit hierbleiben können. Mein Gott! Mutter, bleib du beim Hannerl. Ich muß nachsehen, was da passiert ist."

Wortlos nickte Mutter Anna. Sie legte ihrer Tochter das Führtuch um die Schultern. Christl hetzte wie von Furien getrieben hinauf zum Hainhof. Dort hatten sie Scheinwerfer aufgebaut. Alles wirkte wie die Szenerie eines Kriminalfilmes. Gendarmen waren da, Leute von der Kriminalpolizei.

Dann sah sie Florian. Man hatte ihm Handschellen angelegt.

„Florian, um Gottes willen, Florian", flüsterte sie und ging auf ihn zu.

„Sie dürfen jetzt nicht mit ihm reden. Sie sind doch Frau Buchner, die Frau des Ermordeten, nicht wahr?"

Christl nickte schweigend. In diesem Augenblick trugen sie in einem Blechsarg die Leiche des Jakob Buchner aus dem Haus. Christl drehte den Kopf zur Seite.

„Sie haben Ihren Mann gehaßt, nicht wahr?" fragte der Kriminalbeamte, der sich Schubert nannte. „Kommen S' doch einen Augenblick ins Haus, Frau Buchner! Wir haben Ihnen ein paar Fragen zu stellen."

„Aber ich weiß doch nichts, flüsterte Christl. Die Ereignisse hatten sie sehr geschockt. „Ich weiß doch wirklich nichts, Herr Kommissar."

„Bitte, kommen S' herein!"

„Christl!" schrie Florian da. „Christl, ich war es nit!"

Sie drehte ihm den Kopf über die Schulter zu und lächelte gequält. Glaubte sie an seine Unschuld? Oder glaubte sie nicht daran?

In der Stube waren noch Leute beschäftigt. Christl nahm an, daß es die Spurensicherung war.

Sie wurde in die Diele geführt, und man hieß sie auf der Eckbank Platz zu nehmen.

„Sie haben Ihren Mann vor einiger Zeit verlassen, nicht wahr?"

Christl nickte.

„Warum haben Sie ihn verlassen?"

„Warum?" rief Christl. „Fragen S' doch die Leut! Die werden es Ihnen schon sagen. Die Leut wissen es ja immer besser, als man es selbst weiß."

„Sie sollen mir auf meine Frage antworten!"

Christl straffte ihre Gestalt.

„Ist das ein Verhör?" fragte sie aus einer plötzlichen Auflehnung heraus.

„Ja, Frau Buchner, das ist ein Verhör. Selbstverständlich brauchen Sie nichts zu sagen, wenn sie nicht wollen. Sie brauchen vor allen Dingen nichts zu sagen, was Sie vielleicht selbst belasten würde."

„Mich – belasten?“ Fassungslos wies Christl mit der Hand auf ihre Brust. „Was könnt mich denn belasten?“

„Weshalb sind Sie ausgerechnet zu Herrn Moosberger gegangen?“

„Da – da war eine Wohnung frei“, sagte Christl. „Mein Mann hat getrunken. Er hat mich oft geschlagen. Ich konnte das nicht mehr aushalten. Deshalb bin ich gegangen. Ist das ein Verbrechen?“

„Nein, natürlich nicht, Frau Buchner. Aber Sie sehen ja, was jetzt geschehen ist.“

„Dafür kann ich doch nichts“, meinte Christl fassungslos.

„Frau Buchner, ich muß Sie ganz deutlich fragen, welcher Art Ihre Beziehung zu Herrn Moosberger gewesen ist.“

„Meine Beziehung?“ fragte Christl stockend und außer sich, wobei sie wieder auf ihre Brust wies.

„Ja, Ihre Beziehung!“

Christl schloß die Augen. In ihrem Kopf drehte sich alles.

„Wenn Sie es genau wissen wollen, so muß ich Ihnen sagen, daß ich vor meiner Heirat mit Florian Moosberger befreundet war.“

„Eng befreundet?“

„Wie man es nimmt“, sagte Christl. „Aber was spielt das jetzt für eine Rolle? Was hat das überhaupt damit zu tun, daß mein Mann umgebracht wurde?"

„Florian Moosberger hatte ein Tatmotiv, Frau Buchner. Könnte es nicht vielleicht so gewesen sein, daß Sie Herrn Moosberger aufgefordert haben ..."

„Nein!" schrie Christl. „Nein, Sie wollen mir doch nicht etwa eine Mitschuld anlasten? Das können Sie nicht tun, hören Sie? Das können Sie ganz einfach nicht."

Sie sah ein, daß sie ihm alles sagen mußte. So berichtete sie von den Dingen, die sich an diesem Tag ereignet hatten. Sie sagte ihm, daß ihr Mann bei ihr gewesen war und sie bedroht hatte. Sie erzählte ihm, daß er mit der Gendarmerie entfernt worden war, und sie Florian gebeten hatte, nicht auf den Hainhof zu gehen.

„Aber er ist dennoch gegangen?"

„Wie Sie sehen", sagte Christl. „Aber ich glaube nicht, daß er es getan hat, Herr Kommissar. Florian ist nicht der Mensch, der einen anderen umbringt. Schon gleich gar nicht mit einem Messer."

„Es gibt eine Zeugin, Frau Buchner, die Florian Moosberger über die Leiche Ihres Mannes gebeugt sah. Fräulein Birnberger ..."

„Ach die!"

„Was ist mit Fräulein Birnberger?"

„Ja, wissen S' denn das nicht?" fragte Christl mit einem wehmütigen und halb spöttischen Lächeln. „Seffa Birnberger hatte mit meinem Mann ein Verhältnis. Sie ist kurz, nachdem ich das Haus verlassen hatte, hier eingezogen. Sie war die Geliebte meines Mannes."

„Ach, das ist ja interessant!"

„Nicht wahr?" meinte Christl „Dann können S' ja den Florian wieder laufen lassen. Er hat es bestimmt nicht getan."

„Unsere Untersuchungen sind noch nicht abgeschlossen, Frau Buchner. Sie können jetzt gehen, wenn Sie wollen."

Als sie nach draußen kam, war man eben dabei, Florian in ein Auto zu bringen. Sie hetzte rasch auf ihn los. Mit ihren blauen Augen sah sie ihn flehend an.

„Florian", keuchte sie. „Florian, sag mir, ob du es getan hast oder nicht?"

Florian Moosberger zögerte keinen Augenblick.

„Nein, Christl", antwortete er. „Ich habe es nicht getan. Bitte glaub mir, auch wenn alle Umständ' gegen mich sprechen. Ich bin doch kein Mörder, Christl."

„Ich glaube dir, Florian", flüsterte sie. Dann sah sie, wie man ihn in das Auto schaffte und mit ihm wegfuhr.

„Wo ist mein Sohn?"

Wie erwachend drehte sich Christl um. Sie sah Hannes Moosberger den Weg heraufschnaufen.

„Sie – sie haben ihn verhaftet!" stammelte Christl.

Da explodierte etwas in Hannes.

„So!" schrie er sie an. „Jetzt hast du es ja endlich geschafft, meinen Sohn zu einem Mörder zu machen. Bist mit deinen eigenen Problemen nicht selbst fertiggeworden und hast meinen Florian hineinziehen müssen."

Sie senkte den Kopf. Diese Vorwürfe trafen sie so hart, daß sie nicht einmal imstande war, etwas zu erwidern. Sie zitterte am ganzen Körper.

„Ihr könnt ja jetzt wieder auf den Hainhof zurücksiedeln, nachdem dein Mann nimmer am Leben ist. Ich möcht, daß ihr noch in dieser Nacht eure Sachen packt und geht. Ist das klar?"

Kommissar Schubert mischte sich ein.

„Herr Moosberger", sagte er, „das wird nicht gehen."

„Warum nicht?"

„Vor übermorgen wird das Haus nicht freigegeben. Wir müssen es versiegeln."

„Dann sollen sie halt in den Gasthof ziehen!" stieß der Sägewerksbesitzer hervor. „Ich will sie nicht mehr unter meinem Dach haben. Wohin hat man meinen Sohn gebracht?"

„Ins Untersuchungsgefängnis nach Innsbruck", klärte ihn Kommissar Schubert auf.

„Gut, dann werde ich morgen den Anwalt hinschicken!"

„Das können Sie gerne tun, Herr Moosberger. Darf ich Ihnen dann auch noch einige Fragen stellen?"

Hannes Moosberger nickte. Dann ging er zusammen mit dem Kommissar ein Stückl zur Seite. Christl zog ihr Führtuch fest um die Schultern. Ihr war plötzlich kalt, und sie hatte schreckliche Angst. Gleichwohl, daß Jakob ihr jetzt nichts mehr antun konnte, empfand sie keine Erleichterung. Ein solches Ende hätte sie ihrem Mann nicht gegönnt.

„Mutter, wir müssen wieder einmal zusammenpacken", sagte sie, nachdem sie in das Beihäusl der Säge zurückgekehrt war. „Der alte Moosberger hat uns aus dem Haus gewiesen. Er glaubt, ich sei an allem schuld."

„Aber wo sollen wir denn hin?" fragte Anna.

„Wir müssen halt zusehen, daß wir beim Adlerwirt unterkommen. Sie müssen das Haus noch zwei oder drei Tage versiegeln. Dann können wir wieder zurück."

„Oh, Kind", flüsterte die alte Hainhoferin. „Jetzt sind wir die Gebrandmarkten im Dorf. Jetzt haben wir das Elend am Hals, und unsere Ehr' ist ganz und gar dahin. Die Schand' sind wir, und das Leben lohnt sich nimmer."

„Geh, Mutter, red' nit so einen Schmarr'n daher", antwortete Christl darauf. „Du selber hast einmal zu mir gesagt, daß es immer irgendwie weitergeht, wenn's auch noch so dunkel daher schaut."

„Ja", flüsterte die Alte. „Das hab ich wohl gesagt. Aber der Mensch kann sich auch einmal irren."

★

Sie nahmen den Moosberger-Florian gewaltig in die Zange.

„Herrgottsnaa!" rief er ungeduldig und entnervt aus. „Ich kann Ihnen nicht mehr sagen, als ich Ihnen schon gesagt hab. Es hat sich alles genau so abgespielt, wie ich es Ihnen erklärt habe. Ich bin auf das Haus zugegangen. Es war beleuchtet. Ein Mann rannte heraus. Ich dachte zuerst, daß es vielleicht der Jakob gewesen sein könnte, der aus Feigheit vor mir davongerannt ist. Da hab ich beschlossen, im Haus auf ihn zu warten. Ja, und dann hab ich ihn gefunden. Ich hab geglaubt, daß er noch lebt und gedacht, es wäre das beste, ich würde das Messer herausziehen. Aber ..."

„Ja, meinen S' denn, daß wir Ihnen das Märchen vom großen Unbekannten abnehmen können, Herr Moosberger? Schauen S', das Tatmotiv war doch einwandfrei vorhanden. Sie lieben Christl Buchner. Sie haben versucht, sie vor ihrem brutalen Mann zu schützen. Das ehrt natürlich. Aber gleich umbringen?"

„Zum Donnerwetter, ich hab's nicht getan!" schrie Florian gequält auf.

„Wir wollen Ihnen sagen, wie es gewesen ist, Herr Moosberger. Wir legen Ihnen das in den Mund und bitten Sie, sich zu besinnen. Wenn Sie alles zugeben, dann gibt's bestimmt für Sie mildernde Umstände."

„Reden S' nur", sagte Florian beinahe spöttisch. Tiefe Bitterkeit sprach nun aus seiner Stimme. „Sie wissen's ja ganz genau, weil Sie wohl dabei gewesen sind."

„Nein, dabei waren wir nicht", erwiderte Kriminalkommissar Schubert. „Aber wir verfügen über eine gewisse Erfahrung. Außerdem brachte uns die Spurensicherung bestimmte Ergebnisse, die nun einmal nicht von der Hand zu weisen sind. Also, Sie sind auf den Hainhof gegangen, um dem Herrn Buchner gehörig die Leviten zu lesen. Aber es ist anders gekommen, Herr Moosberger. Sie sind mit dem Herrn Buchner aneinander geraten. Es kam zu einem Streit. Da lag irgendwo ein Messer, sie haben es genommen und ..."

„Nein!" brüllte Florian. „So war es nicht. Warum glauben Sie mir denn nicht?"

Bei den letzten Worten war seine Stimme in einem bitteren Schluchzen erstickt.

„Nun ja“, sagte Kommissar Schubert. „Wenn S' gar so störrisch sind, Herr Moosberger, dann wird halt die Staatsanwaltschaft gegen Sie einen sogenannten Indizienprozeß durchführen müssen. Der stützt sich dann lediglich auf Beweise und nicht auf ein Geständnis. Aber mit Milde dürfen S' dann nimmer rechnen.“

„Ich kann doch nicht etwas gestehen, was ich nicht getan habe?“ fragte Florian fassungslos.

„Jeder sagt, er habe es nicht getan“, meinte Schubert. „Wenn wir jedem glauben wollten, dann liefen mehr als die Hälfte aller Mörder frei herum. So geht's doch nicht, und das werden Sie wohl einsehen müssen.“

Er wurde in seine Zelle zurückgebracht.

Christl Buchner durfte ihn nicht besuchen. Das Gericht war der Meinung, sie könnte sich vielleicht mit ihm absprechen, denn der Verdacht, Christl könnte ihn vielleicht beauftragt haben, war noch immer nicht ganz aus der Welt geschafft. Auch zu Christl kamen die Beamten mehrmals. Christl war auf den Hainhof zurückgekehrt.

Unter Grausen und Furcht hatte sie die Blutflecken auf den Dielen in der guten Stube entfernt. Aber es sah so aus, als würden sie immer wieder durchkommen wollen. Die junge Frau vermied es, die Stube zu betreten.

„Mein Gott, Mutter, wann finden wir denn endlich unsere Ruh'?" fragte Christl. „Ich kann ja nicht einmal mit dem Florian reden."

Seffa Birnberger hatte nach dem Tod des Jakob Buchner nicht mehr auf dem Hainhof bleiben können. Schon in der Unglücksnacht war sie mit Sack und Pack ausgezogen und hatte wieder im Wirtshaus beim Adlerwirt Quartier genommen. Über das, was in jener Nacht geschehen war, schwieg sie jedoch beharrlich.

Statt Rede und Antwort zu stehen, wurde Seffa Birnberger zwei Monate nach der furchtbaren Tat die Frau des Gustl Steinwanger. Sie zog aus Langenberg fort.

★

Es schneite bereits, als man dem jungen Moosberger den Prozeß zu Innsbruck machte. Christl war als Zeugin geladen. Es war das erste Mal, daß sie Florian wiedersah. Mit bleichem Gesicht und eingefallenen Wangen saß er auf der Anklagebank. Sekundenlang standen sie einander gegenüber. Er bohrte förmlich den Blick seiner Augen in die ihren. Dann aber tippte Christl ein Beamter auf die Schulter und hieß sie weitergehen.

Der Blick des alten Moosberger hingegen war voller Verachtung. Nur einmal streifte er Christl ganz kurz. Dann drehte er sich abrupt um. Es war wohl so, daß Hannes Moosberger an der Schuld seines Sohnes keinen Zweifel hegte. Diese Tatsache fand Christl ganz und gar schrecklich. Ein paarmal hatte sie versucht, mit dem Sägewerkbesitzer Kontakt aufzunehmen. Sie hatte versucht, ihn zu bewegen, seinem Sohn zu glauben. Doch sie war wie eine Bettlerin von der Säge gewiesen worden. Auch im Dorf hatte sie es hart gehabt.

Einmal war sie aus dem Bäckerladen gekommen, als ein paar Dorfburschen an der Linde standen.

„Da ist sie ja, die Mörderbraut", hatte einer zu ihr gesagt.

Beinahe panikartig war Christl geflohen und auf den Hainhof zurückgekehrt. Seitdem weigerte sie sich, auch nur einmal ins Dorf zu gehen. Man mußte mittlerweise nur mit Mutter Annas Rente über die Runden kommen. Das war schwer genug ...

Christl mußte den Saal wieder verlassen. Draußen gingen ihr allerlei Gedanken durch den Kopf. Hegte sie nicht mittlerweile auch Zweifel, Florian könnte es tatsächlich getan haben? Doch sie glaubte an Florian. Sie kannte ihn doch und wußte, daß er immer ein grundehrlicher Mensch gewesen war. Nicht ein einziges Mal hatte er sie belogen.

Dann wurde sie aufgerufen. Sie machte ihre Aussage genauso, wie sie es seinerzeit bei den untersuchenden Beamten bereits getan hatte. Dann durfte sie im Sitzungssaal bleiben. Alles lief wie ein Film vor ihren Augen ab. Sie vermochte keinen Blick von Florian zu lassen. Sie hatte den Eindruck, er würde immer bleicher werden.

Dann wurde Christl plötzlich hellwach. Sie hatte etwas von Urteilsverkündung gehört. Alle im Gerichtssaal standen auf. Christl tat es den Leuten wie mechanisch nach. Vor ihren Augen schien alles zu wanken.

Dann hörte sie, wie der Richter sagte, daß es das Gericht als erwiesen ansah, daß Florian Moosberger den Jakob Buchner im Streit erstochen habe.

„Der Angeklagte wird zu einer Freiheitsstrafe von sechs Jahren verurteilt!"

„Nein!" schrie Christl plötzlich grell auf. „Nein, das könnt ihr doch nit mit ihm machen. Er ist doch unschuldig. Ihr könnt ihn doch nit einsperren!"

„Ruhe im Saal, sonst lasse ich den Saal räumen!" rief der Richter.

Irgendwer stützte Christl, denn sie wankte wie ein Rohr, im Wind

Die Skala der Empfindungen im Saal reichte nun von Mitleid bis hin zur hellsten Empörung.

„Sie hält diesem Kerl auch noch die Stange!" schrie einer. „Vielleicht hat sie ihn sogar aufgefordert, ihren Alten umzubringen."

„Ruhe!" donnerte wieder die Stimme des Richters.

Christl sank auf die Bank zurück. Sie begann lautlos zu weinen. Ihre Schultern zuckten. Irgend jemand streichelte sie und versuchte, ihr Trost und Mut zuzusprechen. Christl hätte in späterer Zeit nicht mehr sagen können, wer das gewesen war. Mutter Anna war ja nicht bei ihr. Sie war mit dem Kind auf dem Hainhof geblieben.

Auch wie Christl nach Hause gekommen war, wußte sie später nicht mehr ganz genau zu sagen. Sie fuhr mit dem Bus und ging das letzte Stück zu Fuß. Absichtlich nahm sie nicht den Weg durch das Dorf, sondern lieber einen langen Umweg in Kauf.

„Und?" fragte Anna Hain ihre Tochter, als Christl mit leichenblassem Gesicht in die Diele trat.

„Sie haben ihn verurteilt, Mutter", sagte Christl tonlos. „Er muß sechs Jahre sitzen. Mein Gott, ist das denn der Preis für meine Freiheit."

★

Wie es Anna Hain vorausgesehen hatte, blieben sie und ihre Tochter die Geächteten in Langenberg. Im Gegensatz zu sonstigen kleinen Sensationen und Ereignissen konnte man diese schreckliche Tat in dem kleinen Bergdörfl lange nicht vergessen.

Nachdem ein Jahr vergangen war, legte Christl merkwürdigerweise ihre Trauerkleidung nicht ab. Ja, sie hatte um Jakob Buchner Trauer getragen. Aber im Grunde trug sie diese Trauer auch um Florian.

Einige Male hatte sie ihn im Innsbrucker Gefängnis besucht. Er sah schlecht aus. Sie versuchte, ihm Trost und Mut zuzusprechen, obwohl sie doch in diesen dunklen Tagen selbst viel Trost und Mut gebraucht hätte. Aber es gab keinen einzigen Menschen, von dem sie sich Hilfe und Unterstützung erhoffen durfte. Um Christl Buchner herum war alles dunkel und unendlich leer.

Als sie dann wieder einmal nach Innsbruck fuhr, um Florian einen Besuch abzustatten, mußte sie erfahren, daß man ihn nach Kärnten verlegt hatte. Von jetzt an blieben nur noch Briefe, die sie miteinander wechselten. Heimweh, Liebe und Sehnsucht, alles lag hineingebettet in diese Zeilen.

Manchmal hatte Christl den Eindruck, die Zeit würde überhaupt nicht vergehen. Doch dann mußte sie feststellen, daß schon wieder ein Jahr vorüber war. Hannerl ging bereits das vierte Jahr in die Dorfschule. Manchmal machten die Kinder so merkwürdige Andeutungen, die Hannerl jedoch nicht begriff. Die Eltern überlieferten dieses schreckliche Ereignis an ihre Kinder.

Niemand ahnte, wie grausam Kinder untereinander sein können, denn an einem schönen, sonnigen Tag im Juni kam Hannerl nach Hause auf den Hainhof gelaufen. Ihr Gesicht war tränenüberströmt. Sie lief auf die Großmutter zu und barg ihr Gesicht in deren dunkler Schürze.

„Ja, Madl, was ist denn los?" fragte Anna Hain und streichelte über das blonde Köpfl.

Vor Schluchzen vermochte das Kind zunächst einmal überhaupt nichts herauszubringen.

„Na, red schon, Hannerl! Was ist denn passiert?"

„Großmutter", fragte Hannerl schluchzend, „ist es wahr, daß meine Mama eine Mörderin ist?"

Anna prallte zurück. Sie hielt ihre Enkeltochter ein Stück von sich ab.

„Um Gottes willen", stammelte Anna Hain. Ihr Gesicht war totenblaß geworden. „Wer hat dir denn das erzählt, Mädl?"

„In der Schul' haben sie's gesagt!" würgte

Hannerl unter Schluchzen hervor. „Sie haben gesagt, daß meine Mama dabei war, wie mein Vater umgebracht worden ist."

In den ersten Augenblicken war Anna Hain viel zu verwirrt, um ihre Enkeltochter trösten zu können. So ließ sie Hannerl erst einmal gewähren. Das Kind weinte sich in der Schürze seiner Großmutter aus.

„Sag, daß das nicht wahr ist, Großmutter!" kam es dann über Hannerls Lippen. „Meine Mutter ist doch keine Mörderin."

„Gewiß nit! Ganz gewiß nit, Hannerl", bestätigte Anna Hain und versuchte, ihre Stimme dabei fest und überzeugend klingen zu lassen.

Hannerl überlegte. Dann trocknete das Kind seine Tränen. Es rückte ein Stückl von der Großmutter ab und setzte sich auf einen Stuhl. Welche Gedanken tobten wohl nun hinter der umwölkten Stirn?

Schließlich hob Hannerl Buchner den Kopf und sah die Großmutter an. Jetzt würde wohl eine Frage kommen, die Anna fürchten mußte. Ja, sie hatte sich immer vor dem Tag der Wahrheit gefürchtet. Man hatte Hannerl bisher im unklaren gelassen. Man hatte mit dem Kind nie über den Tod des Vaters gesprochen.

„Aber es ist wahr, daß mein Vater umgebracht worden ist, Großmutter?"

Hilflos blickte sich die alte Hainhoferin um.

Es war doch eigentlich die Aufgabe der Mutter, dem Hannerl dies alles zu erklären. Doch Christl war im Augenblick nicht da. Anna wußte auch nicht, wo sie steckte.

„Warum antwortest du mir nicht, Großmutter?"

„Ach, Gott", sagte Anna. „Ja, ja, es ist schon wahr. Leider ist es wahr. Dein Vater ist erstochen worden."

„Erstochen?" fragte Hannerl. „Ja, wer tut so etwas? Wer hat das getan, Großmutter?"

„Haben es dir die Kinder nicht erzählt?"

„Nein, sie haben gesagt, meine Mutter hätte es getan!"

„Das ist nicht wahr, Hannerl. Deine Mutter ist daran ganz und gar unschuldig."

„Ja, aber wenn sie's nit war, wer war es dann?"

Anna Hain war nach wie vor von Florians Unschuld überzeugt. Also durfte sie doch ihrer Enkeltochter diesen Mann nicht als Täter präsentieren. Sie atmete tief durch und suchte dann nach Worten.

„Komm einmal her, Hannerl", bat sie zunächst. Das Kind stand auf und ging langsam auf die alte Frau zu.

„Man hat zwar damals einen Mann aus dem Dorf verhaftet und ihn eingesperrt. Aber man hat nie genau herausgefunden, ob er es auch wirklich getan hat. Mutter und ich glauben nicht, daß er es getan hat."

„Aber jemand muß es doch getan haben!" rief Hannerl unwirsch aus. Das Schicksal des Vaters berührte sie eigentlich nicht so besonders stark, denn sie hatte zu ihm nie eine Beziehung gehabt. Dunkel – ganz dunkel hatte sie ihn noch in Erinnerung.

„Was soll ich dir sagen, Hannerl?" nahm Anna Hain nun das Thema wieder auf. „Es ist alles schon so lange her, daß man sich nicht mehr genau daran erinnern kann, wie es wirklich gewesen ist. Außerdem, glaub mir, Madl, es war eine schreckliche G'schicht', und ich bin sehr froh, wenn ich nimmer darüber reden muß."

Ob Hannerl die Großmutter in diesem Augenblick verstand, war nicht klar zu erkennen, denn das Kind nickte nur recht zögernd mit dem Kopf. Noch während Hannerl das tat, trat Christl ein. Sofort bemerkte sie, daß hier etwas geschehen war. Sie wischte sich die feuchten Hände an der Schürze ab und trat langsam näher. Erstaunen lag über ihren Gesichtszügen.

„Was ist denn los?" fragte sie. „Ist etwas?"

„Hannerl weiß von der Geschicht' mit Jakob. Kinder haben es ihr erzählt. Sie haben gesagt, du warst es gewesen."

Mit einem Schlag war Christls Gesicht leichenblaß geworden. Sie stand in der Stubenmitte und ballte ohnmächtig, hilflos und verzweifelt ihre Hände zu Fäusten.

„Diese verdammte Brut!" stieß sie schließlich hervor. Es war etwas Außergewöhnliches mit ihr geschehen. Sie, die stets so sanftmütig, still und duldsam gewesen war, hatte den Haß kennengelernt. Ja, sie haßte das Dorf mit seinen heuchlerischen Menschen, mit den Redereien und mit dem Fingerzeigen. Sie ging nicht mehr unter die Leute. Sie begegnete jedem mit Mißtrauen und Verachtung.

„Reg dich doch nit auf, Christl", bat Anna Hain. „Es ist ja gut. Ich habe es doch dem Hannerl gesagt, daß du es nit gewesen bist."

Da lachte Christl hart auf und bog den Kopf in den Nacken.

„Wirst du's mir auch glauben können, Hannerl?" fragte sie dann ihre Tochter.

Da trat Hannerl vor die Mutter hin.

„Ja, Mutter, ich glaub' dir, daß du es nit getan hast!"

Da zog Christl ihr Kind an sich. Plötzlich mußte sie weinen. Heiße Tränen strömten aus ihren Augen und spülten einen Teil jener Bitterkeit und jenes Hasses hinweg, der Christls Tage so dunkel machte.

★

Florian Moosberger wunderte sich ein wenig, daß er so mitten unter der Zeit in das Büro des Direktors berufen wurde. Florian war blaß und hohlwangig geworden. Er hatte sich seinem Schicksal ergeben und erkannte, daß es keinen Zweck hatte, wenn er sich auflehnte. Heftige Sehnsucht nach der Heimat ergriff ihn sehr oft. Er versuchte stark und tapfer zu bleiben. Doch bisweilen hatte er das Gefühl, die Sehnsucht würde ihm das Herz in Stücke reißen.

Auch nach Christl hatte er Sehnsucht. Wie sie wohl zurechtkam?

Wie wohl alles ging daheim im Dörfl? Ob man sie verachtete? Oder ob man ihr Verständnis entgegenbrachte?

Fragen über Fragen, auf die Florian Moosberger keine Antwort finden konnte. Christl selbst schrieb in ihren langen Briefen zwar ausführlich. Aber von diesen Dingen, von ihren Gedanken, ihren Sehnsüchten, Hoffnungen und Heimlichkeiten schrieb sie ihm nichts. So waren sie nicht nur äußerlich getrennt, sondern sie entfernten sich auch innerlich immer mehr voneinander, ohne es überhaupt zu merken. Nur die Sehnsucht, die war geblieben und wurde im Laufe der Zeit größer und größer.

„Kommen S', Herr Moosberger, der Herr Direktor hat nicht nur allein für Sie Zeit!"

Florian betrat den recht nüchtern eingerichteten Raum. Der Direktor, ein kleiner, rundlicher Mann mit einer Nickelbrille, kam hinter seinem Schreibtisch hervor.

„Grüß Gott, Herr Moosberger, bittschön, nehmen S' doch Platz!"

Florian wunderte sich ein wenig. Man war zwar nicht gerade unfreundlich zu ihm gewesen in all dieser Zeit. Aber man hatte ihn natürlich auch nicht mit Glacéhandschuhen angefaßt. Daher wunderte sich Florian über diese ungewohnte Höflichkeit.

Dann holte der Direktor ein Papier aus einem Ordner.

„Ich habe heute von der zuständigen Behörde eine Nachricht für Sie bekommen, Herr Moosberger", sagte er und tat nun recht geheimnisvoll.

„Für mich? Eine Nachricht?" stammelte Florian. Sein erster Gedanke war, es könnte daheim irgend etwas Schlimmes geschehen sein.

„Nein, nein, machen S' kein so besorgtes Gesicht, Herr Moosberger. Ich hab keine Hiobsbotschaft für Sie. Ich hab eher eine gute Nachricht. Man hat Ihnen das restliche Jahr Ihrer Strafe zur Bewährung ausgesetzt!"

„Zur Bewährung?" stammelte Florian. „Ja, was heißt denn das?"

„Ja, begreifen S' denn nit, Herr Moosberger? Das heißt, daß Sie wieder frei sind. Sie können jetzt auf Ihre Zelle gehen und zusammenpacken. Hernach gehen S' auf die Kleiderkammer und holen sich' Ihre persönlichen Sachen ab, die man Ihnen damals leider hat wegnehmen müssen. Ja, und dann holen S' sich halt Ihr Geld und hernach können S' unserem gastlichen Haus Lebwohl sagen. Ich hoff, daß wir uns nimmer begegnen müssen. Wenigstens nicht unter solchen Umständen."

Ein taumeliges Gefühl ergriff Florian.

Frei! Frei würde er sein. Er durfte wieder durch die Wälder streifen, auf den Berg gehen und mit nackten Füßen über eine taufeuchte Wiese laufen. Die Sterne würden wieder einen anderen Glanz für ihn haben. Sein Leben würde wieder Sonne bekommen. Unsagbarer Jubel stieg in ihm hoch. In ihm war ein Singen, Klingen und Brausen, daß er in diesem Moment wohl nie hätte beschreiben können.

Er stand auf und ergriff die Hand des Direktors.

„Danke, Herr Direktor! Vielen, vielen Dank!"

„Sie müssen sich schon bei der Behörde bedanken", sagte der Mann mit einem verständnisvollen Lächeln, denn ihm waren soviele Schicksale und Menschen begegnet, daß er sich schon ein bisserl damit auskannte. Er wußte, daß dieser Mann kein Verbrecher war. Fleißig, anständig und duldsam hatte er seine Zeit hier verbracht. Eine schlimme Zeit, die nun für ihn zu Ende war.

Florian packte seine Sachen und tat alles, was man ihn geheißen hatte.

Dann wurde er verabschiedet. Er ging nicht zum großen Haupttor hinaus. Nein, da gab es eine kleine Pforte, durch die sie alle früher oder später in die Freiheit traten. Hineingebracht hatte man sie durch das große Tor, das sich damals mit einem dumpfen Krachen hinter ihnen geschlossen hatte.

Wie geblendet stand Florian draußen. Das Türchen hinter ihm fiel nicht besonders laut ins Schloß. Als Florian sich umdrehte, war es zu.

Dann geschah etwas sehr Merkwürdiges. Plötzlich fühlte er sich von einer schrecklichen Angst ergriffen. Eine Angst, die sein Herz regelrecht umklammerte. Hilflos sah er sich um.

Zögernd ging er ein paar Schritte vorwärts. Das Gefängnis lag außerhalb. Hier liefen nicht viele Leute. Schräg gegenüber befand sich ein Taxistand. Dort blätterte ein Fahrer scheinbar gelangweilt in einer Zeitung.

Florian versuchte, Ordnung in seine Gedanken zu bringen. Sein Blick fiel an sich selbst herunter. Nun ja, der neueste Schrei war sein Anzug nicht mehr. Immerhin waren seither fünf lange Jahre vergangen.

Schließlich gab sich der Entlassene einen

Ruck. Er wollte die Straße überqueren. Nicht mehr vertraut mit dem Verkehr, wäre er beinahe in ein Auto gelaufen.

Ich muß mich zusammennehmen, dachte er. Zusammennehmen!

„Na, wieder in der goldenen Freiheit?" Mit diesen Worten wurde er von dem Taxifahrer empfangen. Lag nicht ein etwas spöttisches, ja beinahe verächtliches Lächeln auf den blasierten Lippen dieses Mannes!

Florian hatte eine derbe Bemerkung auf der Zunge, die er jedoch unterdrückte.

„Fahren Sie mich bitte zum Bahnhof", sagte er statt dessen.

„Hoffentlich haben S' auch Geld", wurde vom Taxifahrer eingewendet. „Viele, die von diesem Türl herauskommen, haben keinen Schilling im Sack und wollen hernach mit mir eine Rundreise machen. Da kenn ich keinen Spaß. Die liefere ich gleich auf der Polizeistation ab. So schnell wie sie draußen waren, so schnell sind sie wieder drin."

„Reden S' keinen Unsinn daher!" sagte Florian sehr unwillig. „Fahren S' endlich los! Ich werd Sie schon zahlen können."

Am Bahnhof entlohnte Florian den Chauffeur.

„Sie müssen schon entschuldigen, daß ich so barsch gewesen bin", sagte der. „Aber ehrlich, mir sind schon die tollsten Sachen passiert."

„Ja, ja, es ist schon gut", meinte Florian wegwerfend. Er war es ja gewohnt, gedemütigt zu werden. Warum sollte es jetzt in der Freiheit denn soviel anders sein als hinter diesen Mauern?

Florian betrat die Bahnhofshalle. Er hatte den Eindruck, die Leute würden ihn alle anstarren.

Beinahe fluchtartig lief er hinüber zu den Abfahrtstafeln. Dort suchte er zunächst einen Zug nach Innsbruck. Er hatte Glück. Eine halbe Stunde später fuhr nämlich einer ab.

Als Florian dann später im Zug saß, wußte er nicht, ob er richtig handelte. Wie würde man ihn daheim aufnehmen? Wie ging sein Leben weiter?

★

Die Moosbergers hatten sich von Florian losgesagt, um wenigstens ihren guten Namen in Langenberg noch retten zu können. In der ersten Zeit hatte man die einst so angesehenen Leute mit einer guten Portion Mißtrauen betrachtet. Doch Hannes Moosberger war es gelungen, sich in Langenberg wieder den notwendigen Respekt zu verschaffen. Man hatte dem Florian nicht eine einzige Zeile geschrieben. Von Florian waren drei Briefe gekommen. Die ersten beiden hatte man ungelesen in den Papierkorb geworfen und den letzten gar zurückgehen lassen.

Dadurch hatte Florian mühelos erkennen können, daß man daheim nichts mehr von ihm wissen wollte.

Jetzt stieg er aus dem Bus aus. Es war wieder Lenz geworden in den Bergen. Drunten am Bach blühten wie damals die Himmelsschlüssel reich und schön. Das Gras stand bereits hoch. Ein Duft nach frisch gepflügter Erde lag in der Luft. Tief sog Florian diesen Duft ein und betrachtete dann das schöne Land. Wie immer lagen die Berge behäbig und schwer unter dem lichtblauen Frühlingshimmel. Auf manchen von ihnen gab es noch Reste von Schnee, die auf den ganz hohen Gipfeln auch im Hochsommer nicht weichen konnten.

Florian schritt auf dem Weg aus, der ihn hinunter zur Säge bringen sollte. Er versuchte, alle düsteren Gedanken ganz einfach auf die Seite zu schieben. Die Säge war doch seine Heimat, und für das, was damals geschehen war, konnte er doch nichts. Er wußte doch ganz genau, daß er Jakob Buchner nicht getötet hatte. Aber was half ihm das schon.

Die Sägblätter kreischten, als Florian auf die Sägmühle zutrat. Wie oft hatte er von der Heimat geträumt. Wie oft hatte er vermeint, in dunklen, traurigen und einsamen Nächten das kreischende Geräusch der Säge zu vernehmen, hatte die Zurufe gehört, die Franz den Männern gab. Ja, das war Heimat. Doch mit einem Male war alles so finster, so bedrückend und so trüb.

Dann stockte Florians Schritt doch. Zögernd, ja ganz zögernd trat er näher. Auf den Stämmen saß einer der alten Arbeiter bei der Brotzeit. Florian kannte ihn noch aus den Tagen, in denen für ihn und auch für die Leut' auf der Säge die Welt in Ordnung gewesen war.

„Grüß dich, Xaver!"

Er sah, wie der Holzknecht herumruckte. Sein Haar war grau geworden in der Zwischenzeit. In seine hellen, lebendigen Augen trat maßloses Erschrecken. Rasch wickelte er seine Brotzeit ins Zeitungspapier ein und rappelte sich von den Stämmen hoch.

„Grüß dich auch, Florian", sagte er hastig. „Bist also wieder da?"

„Das siehst du doch, Xaver. Wo ist mein Vater und der Bruder?"

„Drinnen werden s' sein", stammelte der alte Xaver. „Ich hab jetzt nimmer Zeit, Florian. Muß weitermachen."

„Deine Jause ist noch nit um!"

„Muß weitermachen", sagte der Alte, und dann begann er zu laufen. Er lief hinüber zum Säghaus, und Florian erkannte, daß er dort mit einem weiteren Arbeiter stehenblieb und mit dem Daumen nach rückwärts auf Florian wies.

Da erfaßte den Sägemüller eine tiefe Bitterkeit. Ja, sie glaubten an seine Schuld. Während er sich bemüht hatte, hinter Gefängnismauern mit allem fertigzuwerden, war hier draußen nichts geschehen. Ihm war, als hätte man das Rad der Zeit angehalten. Man hatte nicht vergessen. Nein, vielleicht war es eher noch schlimmer geworden.

Da wallte in dem Sägemüllerssohn eine jähe und wilde Entschlossenheit hoch.

Jetzt will ich es wissen, dachte er. Will wissen, ob ich noch einer von ihnen bin und ein Recht hab auf die Heimat.

Entschlossen betrat er das Haus. In der großen Diele saßen der Vater, der Bruder und ein enger Vertrauter beim Tisch und nahmen ihre Jause zu sich.

Abweisende, kalte Blicke schossen ihm entgegen. Mit einem einzigen Schlag herrschte Totenstille. Das Klappern der Bestecke und die Gespräche waren verstummt.

Dann ruckte Hannes Moosberger seinen Stuhl. Bei diesem scharrenden Geräusch zuckte Florian zusammen. Sein Gesicht, das ohnehin blaß war, verlor noch mehr an Farbe.

„So, bist also wieder da", sagte Hannes. Kein Willkommensgruß, nichts. Nur diese nüchterne, sachliche Feststellung, daß er wieder da sei.

„Das – das seht ihr doch!" entgegnete Florian. In ihm wallte Empörung hoch. Es war bitter für ihn, daß seine eigene Familie ihn verdammte und nicht zu ihm hielt.

„Was willst du da?" fragte Franz schließlich und schob ebenfalls den Stuhl zurück. Gemeinsam mit dem Vater ging er langsam auf Florian zu.

„Ich – ich bin heimgekommen!"

„Bist gewiß durchgebrannt?" fragte Franz Moosberger. „Deine Zeit ist doch noch nit um, oder?"

„Willst meinen Entlassungsschein sehen?" fragte Florian.

„Nein, danke, da bin ich nit heiß drauf. Aber gleich zu Anfang, auf der Säge kannst du nit bleiben."

„Warum kann ich nit bleiben?" fragte Florian.

„Weil es nit geht", sagte Hannes. „Wir lassen uns doch nit deinetwegen von den Leuten krumm anschauen. Es tät ja gleich wer weiß was heißen. Dann verlieren wir Aufträg'. Die Zeiten sind ohnehin schlecht. Das mußt du begreifen, Florian. Hättest du das nit getan und dich nit von dem Weibsbild hinreißen lassen, dann ..."

„Ich hab es nit getan, verflucht und zugenäht!" schrie Florian, machte einen Schritt nach vorn und klatschte mit der flachen Hand auf die Tischplatte, daß die Teller zu scheppern begannen.

„Fluch daherinnen nit!" sagte der alte Moosberger streng. „Dazu hast du kein Recht. Wir können dir etwas Geld geben. Dann mußt du zuschauen, wie du selber zurechtkommst. Wir können dich nit aufnehmen, begreif das doch!“

„Ich versuch's, auch wenn's schwer ist“, sagte Florian.

Da ging der Alte in die Stube und kam mit ein paar Geldscheinen in der Hand zurück.

„Da, nimm!“ sagte er zu seinem Sohn. „Für den Anfang wird's langen. Wir haben selber zu kämpfen, damit wir zurechtkommen. Verdient hättest du's ja nit.“

Da nahm Florian das Geld. Er betrachtete es eine Weile.

Dann hob er die Hand, öffnete die Finger und ließ das Geld zu Boden fallen.

„Steckt's euch an den Hut“, sagte er ruhig und gelassen. „Ich brauch es nicht.“

„Du wagst es, mir mein sauerverdientes Geld vor die Füße zu werfen?“ keuchte Hannes Moosberger. „Nach allem was passiert ist, wagst du das? Das Gefängnis hat dich scheinbar nit besser gemacht. Geh doch hinauf zu diesem verschlampten Weibsbild. Vielleicht hat die die Nester schon aufgedeckt.“

„Pfui Teufel“, sagte Florian. „Pfui Teufel, wie ihr doch gemein seid.“

„Heb das Geld auf!“ befahl der Alte nun.

„Es ist nicht mein Geld“, antwortete Florian ruhig. „Du wirst dich wohl noch nach deinem eigenen Geld bücken können, oder nicht?“

Damit drehte er sich um und ging zur Tür.

„Alles Gute kann ich euch nicht wünschen“, sagte er. „Aber ich wünsch euch auch nichts Schlechtes. Ich wünsch euch bloß eines, daß ihr einmal draufkommt, daß mir Unrecht getan wird.“

„Geh endlich“, sagte Franz. „Aber geh nit den Hauptweg hinunter! Die Leut' brauchen nit wissen, daß du bei uns gewesen bist.“

„Schon gut, Bruder, wenn ich dich überhaupt noch so nennen darf. Ich mach euch keine Schande. Das könnt ihr mir glauben. Die Schand' macht ihr euch selber vor Gott und der Welt. B'hüt euch Gott!“

„Florian – Florian, wart einen Moment!“ stieß der Alte da hervor. In diesen Herzschlägen hörte es sich so an, als würde plötzlich Reue und Mitleid, Verzeihungheischen aus seiner Stimme herausklingen.

„Was ist noch?“ fragte Florian.

„Weißt, Florian, es wär halt nit für immer. Ich mein, wenn einmal viel Gras über die G'schicht' gewachsen ist, dann kannst schon wieder kommen. Dann …“

„Dann bin ich alt und grau“, sagte Florian mit einem wehmütigen Lächeln. „Nein, ich werd nimmer kommen. Ihr könnt wirklich ganz beruhigt sein. Scheffelt euer Geld und seht zu, daß ihr genug Aufträg' kriegt und mit diesen Aufträgen meine Schand' zupflastert."

Dann ging der Sägemüllerssohn. Es tat ihm weh, die Heimat so verlassen zu müssen. Er ging über den Wiesenhang hinauf dem nahen Wald entgegen. Dort setzte er sich ins feuchte Gras. Verlorene Heimat – verlorenes Glück und keine Hoffnung auf einen neuen Anfang.

★

Christl stand am Brunnentrog und spülte die Wäsche. Zunächst bemerkte sie nicht die kleine, rundliche Frau, die sich dem abgelegenen Gehöft in hastigem Lauf näherte. Schließlich wurde Christl durch das Keuchen aufmerksam und drehte sich um.

„Ja, Hillermeierin, was rennst denn so?" wollte sie von der Frau wissen. Nanni Hillermeier genoß in Langenberg keinen viel besseren Ruf als Christl. Man sagte ihr nach, sie stände mit dem Teufel im Bund. Eine besondere Wut hatte der Doktor auf die Alte, denn seiner Meinung nach pfuschte sie ihm immer mit ihren selbstgebrauten Tränken ins Handwerk.

„Christl – Christl, hast es noch nit gehört?"

„Was soll ich gehört haben?" fragte Christl. Sie

warf das Wäschestück, das sie eben ausgewrungen hatte, wieder in den Brunnentrog zurück.

„Mei, jetzt muß ich erst einmal verschnaufen“, sagte die dicke Nanni Hillermeier. „Wenn du einen Schnaps im Haus hast, dann sag ich dir's drinnen. Es braucht ja nit ein jedes hören.“

„Na, du bist gut“, bemerkte Christl daraufhin. „Es ist doch keines da.“

„Nein, nein, so genau weiß man das nie“, sagte die Alte und blickte sich um.

„Also gut“, gab Christl schließlich nach. „Es wird sich noch ein Stamperl Likör finden lassen, obwohl ich für gewöhnlich nix im Haus hab – seit damals.“

Im Stubeneck auf der Eckbank war Hannerl mit den Hausaufgaben beschäftigt.

„Mutter, könntest mir nit bei dieser Rechenaufgab' einmal helfen? Die Großmutter packt's einfach nimmer, und ich hab's auch nit recht begriffen.“

„Gleich, Hannerl, ich muß bloß g'schwind mit der Hillermeierin etwas besprechen.“

Christl bugsierte Nanni in die gute Stube, die selten benutzt wurde. Seit dem schrecklichen Geschehen wurde sie noch seltener benutzt. Christl hatte den Eindruck, der Blutfleck auf den Dielen würde immer wieder kommen. Daher lag an dieser Stelle ein Fleckerlteppich. Er lag wie ein Mahnmal. Immer, wenn Christl die Stube betrat, fiel als erstes ihr Blick auf diesen Teppich. Dann sah sie im Geiste Jakob dort liegen …

„Also, hast einen Schnaps!“

„Wart“, sagte Christl und löste sich aus ihrer Erstarrung. „Ich muß erst schauen.“

Sie ging zu dem Wandschränkchen. Irgendwann, vor Jahren schon, war diese Flasche einmal gekauft worden. So stand sie. Nur ab und zu, wenn einmal jemand auf den Hainhof kam, wurde ein Stamperl ausgeschenkt. Christl selbst rührte keinen Tropfen an.

Dann schenkte sie der Hillermeierin ein. Die hob das Glas, prostete Christl zu und spülte dann das scharfe Gebräu hinunter.

„So“, sagte sie. „Jetzt kann ich's dir sagen. Der Florian ist wieder zurück.“

„Was?“ fragte Christl. „Der Florian?“

„Ja, ich hab ihn gesehen. Er ist auf die Säg gegangen …“

„Und?“

„Dort haben sie ihn scheinbar nit aufgenommen!“

„Ja, wo ist er denn jetzt? So red doch!“

Die Alte war von Christl an den Schultern gepackt worden, und Christl rüttelte sie.

„Laß mich los, du narrische Urschel“, sagte Nanni. „Oder willst mich auch hin machen?“

„Geh weiter, red nit so deppert daher. Wo ist der Florian?“

„Hinauf zum Wald ist er. Dort hockt er jetzt auf dem Bankerl und schaut sich von innen an. Du, vielleicht braucht er dich jetzt, Christl? Vielleicht ..."

„Ja, ja! Ja, da trink", sagte Christl hastig und stellte ihr die Schnapsflasche auf den Tisch.

Sie stolperte hinaus in die Diele.

„Mutter, die Rechenaufgab'!" drängte Hannerl.

„Jetzt nit, Kind. Hab keine Zeit. Ich muß schnell einmal weg."

„Und ich will auch fertigwerden", sagte Hannerl.

„Ja, ja, ich helf dir ja. Mach halt etwas anderes in der Zwischenzeit. Ich muß weg!"

„Wie in einem Narrenhaus", sagte das Kind und beugte sich wieder über das Rechenbuch.

Christl unterdessen band ihre Schürze ab und warf sie auf die Eckbank. Dann lief sie einfach los. Sie merkte gar nicht, in welch schlimmen Aufzug sie sich befand. Seit damals legte sie nämlich keinen besonderen Wert auf ihr Äußeres. Sie trug einen viel zu weiten und viel zu langen Rock, graue Strickstrümpfe, und ihre Füße steckten in den Altmannstiefeln, die noch vom Vater stammten.

Sie raffte ihren Rock und rannte über die blühende Wiese.

Florian, Florian, pochte ihr Herz. Florian ...

Dann sah sie ihn sitzen. Er saß vornüber gebeugt, hatte den Kopf in die Hände gestützt und blickte auf die Erde.

Sie blieb ein paar Herzschläge lang stehen und versuchte, sich zu sammeln. Dann hob sie wieder den Rock und lief los.

„Florian!" schrie sie, und ihr Schrei hallte wie der eines wundgeschossenen Tieres über die blumige Wiese bis hinauf zum Wald. Dann sah sie, wie er aufstand. Seine Arme hingen herab.

„Florian, Florian!"

Dann stand sie vor ihm. Ihre Augen leuchteten. Die Lippen blühten.

„Florian, endlich bist du wieder daheim!"

„Daheim", sagte er. „Daheim!"

Dann ging sie auf ihn zu.

„Bitte, Florian", bettelte sie, „halt mich fest! Halt mich ganz fest und laß mich nie wieder los! Ich hab so auf dich gewartet. Jeden Tag hab ich gezählt. Manchmal gar jede Stund'."

„Sie wollen mich nimmer", sagte er. Ihr Kopf ruhte an seiner Brust. Tränen der Wiedersehensfreude, des Glücks quollen aus ihren Augen. Er streichelte ihr Haar. Der Knoten ging auf. Das blonde Haar rann bis hinab zu den Schultern und machte sie wunderschön. „Ich kann nimmer auf die Säg zurück, Christl. Ich glaub, ich werd überhaupt nicht in Langenberg bleiben können."

Dann rückte sie ein Stückl von ihm ab. Mit dem Handrücken wischte sie sich das Nasse aus den Augen. Dann trat etwas Fassungsloses in ihren Blick.

„Aber warum denn nicht, Florian?" fragte sie. „Warum solltest du denn nicht in Langenberg bleiben können? Wer will dir denn das verbieten?"

„Ich hätte keine Zukunft, Christl. Es war überhaupt falsch, wieder hierher zu kommen. Ich hätt in Kärnten bleiben sollen. Dort kennt mich niemand. Dort hätt ich am ehesten die Gelegenheit zu einem neuen Anfang gehabt."

Sie betrachtete sein Gesicht. Ja, er hatte ein paar Falten bekommen, die von der vielen Bitterkeit der einsamen und leidvollen Tage zeugten.

„Fort", stammelte sie außer sich. „Du willst fort? Ja, denkst du denn nicht ein bisserl an mich, Florian?"

„Doch", widersprach er. „Gerade an dich denk ich. Du bist ohnehin soviel ins Gerede gekommen ..."

„Was die Leut denken und reden, interessiert mich nicht!" sagte sie, wobei nun etwas von dem Haß durchflackerte, der sich in den Jahren in ihr angestaut hatte. „Es ist mir wurscht, Florian. Ich will nicht, daß du wieder gehst, denn ich brauch dich, Florian. Ich will nicht umsonst gewartet haben. Ich will wenigstens noch ein Fetzerl vom Glück haben. Bleib, Florian!"

Beschwörend sah sie ihn an.

„Heißt das, daß du und ich … Ich mein …"

„Heiraten", sagte sie und nickte dabei ein paarmal mit dem Kopf. „Ja, Florian, wir sollten heiraten und Ordnung bringen in unser Leben. Du wirst sehen, dann geht's wieder aufwärts. Dann schaffen wir es. Ja, Florian, das ist die einzige Chance, die wir noch haben."

„Wie hab ich dich lieb", sagte er mit einem tiefen Seufzer zu ihr. Dann zog er sie an sich und küßte sie. Es war der erste Kuß nach so vielen Jahren. Alle Liebe der Welt, alle Sehnsucht und Zärtlichkeit lagen darin eingebettet. Scheinbar endlos dauerte er.

„Ja, Christl, ich merk's. Ich fühl es selber, daß wir uns brauchen. Wir wollen uns nicht um die Leute scheren. Nur um uns wollen wir uns kümmern. Ja, Christl, du hast recht. Nur so können wir ein bisserl Glück wenigstens haben."

„Dann komm", forderte sie ihn schlicht auf. „Ich muß noch Wäsche spülen und dem Hannerl bei den Hausaufgaben helfen. Komm, Florian, Mutter wird sich freuen, daß du wieder daheim bist."

Anna hatte Tränen in den Augen, als sie Florian sah. Sie ging auf ihn zu.

„Bub", sagte sie. „Ja, endlich, endlich bist wieder da. War's arg für dich, gell? Schlecht schaust aus!"

„Laß keine Sorg' aufkommen, Mutter", sagte Christl. „Wir werden ihn schon wieder hochpäppeln."

Da trat die Hillermeier-Nanni mit der bereits fast leeren Schnapsflasche aus der Wohnstube. Sie betrachtete Florian und ließ dann ihre Blicke zu Christl und schließlich zu Anna schweifen.

„Wer will ihn – hochpäppeln?" fragte sie.

„Wir", antwortete Christl. „Meine Mutter und ich werden ihn hochpäppeln. Damit du etwas zu tun hast, Nanni, kannst jetzt ins Dorf hinunterrennen, dich an die Linde stellen und jedem sagen, daß ich den Florian heirat' ..."

„O Gott!" stieß Nanni hervor und schlug dann ihre Hand vor den Mund.

„Ja, auch vor Gott werden wir zusammengehören", antwortete Christl darauf. Aus ihrer Stimme klang wilde Entschlossenheit heraus. „Jetzt geh schon, Nanni! Den Schnaps kannst mitnehmen. Vergiß nit, es jedem zu sagen!"

„Auch den Sägmüllers?"

„Auch denen!" sagte Christl. „Denen ganz besonders."

„Christl, was hast du da getan", sagte Florian, nachdem sie rasch davongegangen war.

Da bog Christl ihren Kopf zurück und lachte. „Sie sollen wieder einmal ihre Sensation haben. Sie sollen wieder einmal Grund haben, sich die Mäuler zu zerreißen, dieses schlechte, böse Gesindel."

„Sei nicht so verbittert", meinte Florian.

„Ach, nicht?" fragte sie. „Bist du anders?"

Er senkte den Kopf. „Nein, ich bin nicht anders", sagte er. „Ich bin wie du. Aber wir müssen beide anders werden, wenn wir nicht zugrunde gehen wollen."

★

Wie erwartet stand Langenberg Kopf, denn die Hillermeierin hatte mit einer Perfektion dafür gesorgt, daß die Neuigkeit im ganzen Dorf breitgetreten wurde. Selbstverständlich erreichte diese Neuigkeit auch die Sägemühle.

Der alte Hannes ließ seine Faust auf die Tischplatte krachen.

„Also, das ist doch wohl das letzte!" brüllte er. „Hat es nit gelangt, daß sie ihn zum Totschlag getrieben hat? Jetzt muß sie ihn auch noch heiraten und damit der Schand' die Krone aufsetzen? Naa, naa, das laß ich nit zu!"

Wie ein Bär stand er in der Diele und betrachtete seinen ältesten Sohn Franz. Franz wirkte hilflos.

„Schon, Vater", begann er zögernd. „Aber was willst du tun? Was willst du denn dagegen unternehmen? Florian ist kein Bub mehr. Er ist längst großjährig, und die Christl ist eine erwachsene Frau."

„Ein g'schlampertes Weibsbild ist sie, das vor nix Respekt hat! Naa, Bub, ich laß das nit zu. Weißt du was, ich zieh mich an und geh hinauf zu ihr. Ich werd diesem Weibsbild die Leviten lesen, daß es nur so kracht."

„Vater, das kannst du nit machen!" versuchte Franz den alten Hannes zurückzuhalten

„Ich kann alles! Ich kann noch viel mehr. Das darf nit passieren. Warum hat der Depp das Geld auch nit genommen und sich dahin gemacht? Dann wär ein für allemal Ruh' und Frieden in Langenberg. Aber halt, mir kommt eine Idee. Vielleicht kann ich's doch noch in Ordnung bringen."

„Was hast du vor, Vater?" fragte Franz mit gerunzelter Stirn.

„Meine Sach!", antwortete der Alte darauf. „Meine Sach' ganz allein. Ich werd es schon richten, daß es paßt."

Er angelte seine Jacke vom Haken, zog sie an und schnürte sich die Stiefel.

„Vater, tu nix Unüberlegtes!"

„Du wirst mir wohl am allerwenigsten etwas hineinreden, hörst?" polterte Hannes Moosberger. Wenige Augenblicke später verließ er das Haus. Franz blickte seinem Vater besorgt hinterdrein.

Wenn nur kein Unglück geschieht, dachte er bei sich und wandte sich dann seufzend ab.

Mit kräftigen, weit ausholenden Schritten strebte Hannes Moosberger dem einsamen Hainhof zu. Christl goß in der Diele eben die Blumentöpfe, die auf den breiten Fensterbrettern standen. Plötzlich hielt sie inne. Ihre Hände begannen, ein wenig zu zittern.

„Du, Florian", sagte sie stammelnd. Florian saß am Tisch und ordnete seine Papiere. „Florian, da kommt dein Vater!"

„Mein Vater?" fragte Florian und stand auf. Er ging zu Christl hin und blickte über ihre Schulter hinweg ebenfalls zum Fenster hinaus.

„Du, der scheint ganz schön geladen zu sein. Was er nur will?"

„Das fragst du noch, Christl", meinte Florian. „Er will, daß wir nit heiraten. Das ist doch klar. Wir zwei ein Paar und das alles direkt vor seiner Nase. Es könnt ihn doch lächerlich machen und ihm Aufträg' verloren gehen. Oh, ich habe meinen Vater erst richtig kennengelernt, nachdem ich in das Unglück hineingerumpelt bin."

Dann stand er vor der Haustür.

„Florian!" brüllte er. „Florian, komm heraus!"

„Sei ganz ruhig, Christl", sagte Florian. „Er wird wieder gehen. Dafür sorg ich."

Dann trat er unter die Haustür.

„Was willst du, Vater?"

„Bist du ganz und gar übergeschnappt?" fragte der Alte nun.

„Warum?"

„Stell dich nit so blöd! Wie kannst du es uns nur antun und zu diesem schlamperten Weibsbild auf den Hof kommen. Ausgerechnet zu der, die dich ins Zuchthaus gebracht hat."

„Christl hat mich nicht ins Zuchthaus gebracht, Vater. Ich bin unschuldig. Solange du das nicht glaubst, will ich mit dir nichts mehr zu tun haben. Selbst wenn du mir später einmal glauben mußt, weil vielleicht meine Unschuld bewiesen sein wird, werde ich es mir noch überlegen müssen, ob ich jemals wieder einen Fuß auf die Sägemühle setze. So, jetzt ist ausgeredet."

„Wo ist sie denn, deine Christl? Versteckt sie sich? Ist sie zu feig, mir ins Gesicht zu schauen?"

„Nein, Sägemüller, das bin ich nicht", sagte Christl. Sie trat neben Florian und blickte dem alten Hannes fest in das Gesicht. „Dies ist mein Hof", sagte sie. „Florian hat sich nun einmal entschlossen, mich zu heiraten. Ich werde ihn heiraten, Sägemüller. Da kannst du machen, was du willst. Weil es mein Hof ist, so sag ich dir, daß du jetzt zu gehen hast."

Nun wurde Florian doch noch ein bißchen

blasser. Er betrachtete Christl. Wie herb, hart und unerbittlich ihre Miene plötzlich war.

„Geh!" stieß Christl hervor. „Geh, denn du wirst diese Heirat nicht verhindern. Wir werden hier auf dem Hainhof sehr, sehr glücklich sein, und es wird der Tag kommen, an dem wir vergessen haben, was damals geschehen ist. Dunkle Schatten bleiben nicht ewig!"

„Nein, vielleicht nit", sagte der Moosberger. „Aber die Schand', die bleibt, solang ihr lebt. Von der Schuld werdet ihr nie reingewaschen werden. Niemals!"

„Wenn einer von Schuld redet, dann solltest an dich selber denken. Was habt ihr denn mit dem Florian gemacht? Ihr habt ihn ja nicht einmal gefragt, ob er schuldig oder unschuldig ist. Hinausgeschmissen habt ihr ihn, sofort! Nein, es ist besser, du gehst, Hannes Moosberger. Laß uns unseren Frieden!"

„Ihr werdet euch noch wundern", sagte er. „Ich werd diese Heirat verhindern. Das könnt ihr mir glauben!"

Dann ging er. „Was er wohl vorhat?" fragte Christl etwas ängstlich und lehnte sich dabei an Florian.

Florian Moosberger zuckte die Schultern. In ihm war jetzt eine endlose Trauer. Er glaubte, sein Elternhaus, den Vater und den Bruder nun tatsächlich für immer und ewig verloren zu haben. Ihm kam es so vor, als wären beide mit dem heutigen Tag und der jetzigen Stunde gestorben.

„Mach dir nit zuviel Sorgen! In ein paar Tagen werden sich die Wellen der Erregung wieder gelegt haben. Weißt, man gewöhnt sich an so vieles im Leben. Auch die Leut gewöhnen sich daran."

„Du hast recht, Florian", gab sie zu. „Wir haben uns ja fest vorgenommen, daß wir uns von den Leuten und von der Rederei nicht werden beeinflussen lassen."

Er zog sie zärtlich an sich.

Anna trat fröstelnd heraus und blickte in die Ferne. Dort verschwand der alte Moosberger am Wegkreuz.

„Wenn der nit alles noch kaputt macht", flüsterte sie.

„Hast was gesagt, Mutter?" fragte Christl, die die alte Anna nicht verstanden hatte.

„Naa, naa, Madl. Es ist schon gut." Damit kehrte sie ins Haus zurück. Florian und Christl blieben jedoch noch eine Weile unter der Haustür stehen. Sie sprachen es nicht aus. Aber jeder von ihnen hatte nun Zukunftsangst. Sie wußten nicht, was ihnen die neue, gemeinsame Zukunft vielleicht noch für Leid und für Kummer bescheren sollte.

★

Wütend betrat Hannes Moosberger den Brunnerhof. Hier residierte Kilian Brunner in seiner Eigenschaft als Bürgermeister von Langenberg. Der Bürgermeister saß zu dieser Stunde nicht in seiner Amtsstube, sondern in der behaglichen Bauerndiele bei der Jause.

„Grüß dich, Bürgermeister", sagte Hannes Moosberger.

„Grüß dich, Sägschneider", erwiderte Kilian. Er war ein behäbiger Mann, der die Ruhe liebte. Für seine Gerechtigkeit war er weithin bekannt.

„Was sagst dazu, daß mein Bub wieder zurück ist?"

Kauend zuckte Kilian Brunner die Schultern. Messer und Gabel hielt er auf dem Tisch aufgestützt.

„Was soll ich dazu sagen?" brummte er, nachdem er seinen Mund leergegessen hatte. „Der Bub ist ein Langenberger. Wir müssen halt mit dem Kreuz und dem Elend leben, Moosberger. Schad halt, daß es ausgerechnet dich getroffen hat."

„Jetzt heiratet er auch noch das Mensch vom Hainhof! Hast es sicher schon gehört!"

„Vielleicht bloß ein Gerücht?"

„Naa, naa, das ist kein Gerücht. Ich bin grad droben gewesen. Du Bürgermeister, die besitzen die Frechheit und sagen dir das auch noch ins Gesicht. Das kann ich nicht zulassen."

Kilian Brunner hob den massigen Schädel und betrachtete den Sägemüller.

„Was willst du denn dagegen tun?“ fragte er ihn und hielt mit dem Essen inne.

„Hör zu, Kilian, du bist der Bürgermeister. Es ist deine Pflicht, dafür zu sorgen, daß das Dörfl sauber bleibt!“

„Der Florian ist dein Bub, Moosberger. Hast du das vergessen?“

„Ein Totschläger ist nit mein Bub, wenigstens nimmer!“ erwiderte er barsch. „Sie werden zu dir kommen, weil s' ja das Aufgebot bestellen müssen. Du wirst's ihnen nit ausstellen, hörst du?“

„Hören tu ich schon. Aber ob ich's mach, das ist eine andere Frage, Sägemüller. Wenn sie zu mir kommen – zwei erwachsene, volljährige Leut' –, dann muß ich das Aufgebot ausfüllen, verstehst? Das ist meine Pflicht, da ich gleichzeitig der Standesbeamte in Langenberg bin. Da führt gar kein Wegerl drum herum. Es sei denn, daß jemand Bedenken gegen diese Ehe anmeldet oder ein Hindernis nachweisen kann.“

„Ja, wenn eine solche Sauerei kein Hindernis ist, was ist denn dann eines?“ wollte Hannes Moosberger fassungslos von dem ruhigen Bürgermeister wissen.

„Ein Hindernis wär, wenn einer von den beiden schon verheiratet ist. Das wär dann Bigamie, das ist strafbar. Aber soviel ich weiß, sind sie beide ledig. Dein Florian sowieso und sie ist Witwe. Also, ich seh überhaupt keinen Hindernisgrund."

„Aber das kannst du doch nit zulassen, Kilian. Schau, wir sind in all den Jahren gut ausgekommen. Jetzt läßt du mich im Stich!"

„Das hat damit überhaupt nix zu tun, Hannes. Ich hab dir manchen Dienst erweisen können, soweit's halt legal war, durch meinen Einfluß, durch die Macht, die ich in Langenberg hab. Aber vergiß bitte nit, daß auch meiner Macht Grenzen gesetzt sind. Freilich find ich's auch nit grad das Angenehmste, daß die zwei zusammenkommen und das ausgerechnet in meiner Gemeinde. Aber was soll ich denn machen? Ich kann sie nit einfach zum Tempel hinausjagen. Hast nit wenigstens versucht, in Ruh' und Vernunft mit ihnen zu reden?"

„Du kennst doch meinen Florian und weißt, was der für einen sturen Schädel hat!"

Da grinste der Bürgermeister.

„Ja, ja", sagte er. „Von wem er diesen Sturschädel wohl geerbt hat?"

„Laß den Schmarr'n. Es ist nit die rechte Zeit, um blöde Witz' zu reißen. Mir ist's ernst. Zum Gespött im ganzen Dorf macht mich der Bub. Ich kann die Säg zusperren. Die geben mir doch keine Aufträg' mehr. Naa, naa, ich könnt mir jedes Haar einzeln herausreißen."

„Also, langer Rede, kurzer Sinn. Ich kann nix für dich tun, Hannes. Diesmal nit. Wenn sie kommen, kriegen sie Ihr Aufgebot, hernach, wenn die Wartezeit herum ist, werd ich sie trauen müssen. Dann gehen s' ins Gotteshaus und holen sich den kirchlichen Segen. Den bekommen s' ja auch."

„Das werden wir z'erst noch sehen!" brauste Hannes Moosberger auf. „Mit dem Pfarrer werd ich ein ernstes Wörtl reden. Der will nämlich das Holz von uns für den Dachstuhl vom Widum. Da hätt ich ihm einen Sonderpreis gemacht. Aber wenn der nit so zieht, wie ich will, dann wird er sich wundern."

Beim Pfarrer eckte der Moosberger-Hannes genauso an wie beim Bürgermeister.

„Dein Bub hat gebüßt für das, was er getan hat. Ein höherer Richter wird ihn später noch einmal vor seinen Stuhl zitieren. Kein Grund, ihm jetzt nicht den kirchlichen Segen zu geben für den heiligen Bund der Ehe. Oder willst, daß sie wild und in Sünde zusammenleben? Kannst du das wollen, Sägemüller?"

„Ich will nit die Schand' sein, verflucht!"

„Fluch nit, Sägemüller. Davon wird nichts anders. Wenn alles rechtens ist und seine Ordnung hat, so werde ich sie in unserem Gotteshaus trauen. Gott nimmt sich auch der Sündigen und der Gefallenen an. Hast nit einmal etwas vom Verzeihen gehört, Sägemüller? Spricht nit der Herr ..."

„Hören S' mit dem Geschwafel auf", unterbrach Hannes den Geistlichen. „Ich bin doch kein Depp in Langenberg. Denken S' lieber an den Widum. Oder besser g'sagt an den Dachstuhl. Dafür wollen Sie ja das Holz von mir. Ich mein, wir hätten schon über den Preis geredet. Den könnt ich natürlich unter solchen Umständen nimmer halten, glaube ich."

„So, das glaubst du, Sägemüller", sagte der Pfarrer und lächelte verhalten. „Ja, dann kann ich dir gleich sagen, daß du nit die einzige Säge in unserer Gegend hast. Ich kann auch woanders hingehen. In unserer Zeit sind die Leute froh und dankbar für jeden Auftrag."

Da ruckte die Hand des Sägeschneiders hoch. Sie fuhr zum Kragen, weil er das Gefühl hatte, daß ihm dort plötzlich etwas zu eng geworden war. Machte er denn wirklich alles falsch? Benahm er sich nicht richtig? War es denn nicht sein Recht – sein gutes Recht –, die Ehre seiner Familie zu verteidigen und aufrechtzuerhalten? Hatte nicht Florian Schande über sie alle gebracht und damit Mißachtung verdient? Ja, war er denn nicht im Recht?

„Ich glaub, ich weiß, worüber du jetzt nachdenkst, Moosberger. Denk an die Lieb' und an die Barmherzigkeit!"

„Davon kann ich nit leben", sagte Hannes und kratzte sich am Schädel. „Vom Beten ist noch nie Geld vom Himmel heruntergefallen, Herr Pfarrer. Fromme Sprüch', die kann ein jeder klopfen. Sie leben ja nit in der Schand'. Sie haben ja den Segen Gottes gepachtet."

„Das ist nicht wahr, Moosberger. Jeder von uns muß ein bissel an sich arbeiten. Keiner ist frei von Fehlern und auch nicht frei von Schuld. Denk darüber nach, bei allem was du jetzt gegen deinen Florian unternehmen willst. Tu nichts Falsches, darum kann ich dich nur bitten. Deinem Wunsch aber kann ich nicht entsprechen. Ich kann zwei Menschen Gottes Segen nicht verwehren, nur weil ein starrköpfiger Vater das von mir verlangt. So, und jetzt ist die Audienz beendet. Geh heim und denk darüber nach, was ich dir gesagt hab."

Hannes Moosberger brummelte etwas, was sich sehr böse anhörte. Dann setzte er seinen Hut auf und ging mit eingezogenem Kopf auf die Sägemühle zurück. Dort setzte er sich an den Tisch. Er schob Teller und Tassen beiseite. Man sah ihm seinen Zorn an. Hinter diesem Zorn jedoch stand auch eine gewisse Nachdenklichkeit. Er hatte das Gefühl, daß sich nun alles, aber auch alles gegen ihn verschworen hatte. Scheinbar war das ganze Dorf gegen ihn.

„Na?" fragte Franz. „Hast etwas erreicht, Vater?"

„Nix!" stieß Hannes hervor. „In diesem Nest ist doch einer noch sturer als der andere."

„So, so, Vater", sagte Franz. „Dann lausch vielleicht einmal in dich hinein!"

„Du, was soll denn das heißen?" keuchte Hannes und stand auf. „Du willst doch dich vielleicht nicht vor deinen Bruder stellen und ihn vielleicht auch noch schützen? Einen Mörder ..."

„Er hat nur wegen Totschlag Zuchthaus bekommen und nicht wegen Mord, Vater. Es ist etwas anderes und außerdem ..."

„Geh weiter, du spinnst ja", unterbrach Hannes nun. „Du wirst mir doch nit weich werden und umkippen?"

„Florian ist mein Bruder, Vater. Ich versteh dich. Aber ich muß auch versuchen, den Florian zu verstehen. Du, Vater, heut nacht ist mir die Mutter im Traum erschienen. Ein helles Gewand hat s' angehabt, und weißt du, was sie gesagt hat?"

„Schmarr'n!"

„Franzl, hat s' gesagt, Franzl, gib auf den Florian acht. Der Florian hat keine Schuld. Nit mehr als ihr!"

„Heiland im Himmel, jetzt fängst du auch

schon so zu reden an wie der Herr Pfarrer. Kannst dich ja mit denen zusammentun. Kannst gleich hinaufziehen zu ihnen. Vielleicht läßt dich die g'schlamperte Matz auch mit ins Ehebett steigen ..."

„Vater, jetzt ist Schluß! Du hast die Christl früher in Ehren gehalten!"

„Früher", sagte er. „Ja, ja, früher, aber das ist lang her. Für mich ist und bleibt sie eine Matz, eine grintige."

Damit stand er auf und polterte über die Dielen hinaus.

Franz setzte sich an den Tisch und barg sein Gesicht in den Händen. Warum war das alles nur so gekommen, und warum konnte man es nicht ändern? Franz fühlte sich nicht mehr wohl in seiner Haut. Instinktiv glaubte er, Unrecht getan zu haben. Den Bruder von der Heimat zu verjagen, erschien ihm nicht gut. Doch wie würde er das wiedergutmachen können, wenn ihn nicht das schlechte Gewissen noch jahrelang drücken sollte?

★

Allen Widrigkeiten zum Trotz wurden Florian und Christl im Gotteshaus von Langenberg getraut. Normalerweise wäre keiner zu dieser Hochzeit gekommen. Aber die Dörfler, in deren

Leben es sonst eigentlich kaum ein Auf und Ab gab, witterten hier eine Sensation. Wie war sie angezogen? Was trug er? Was machte sie für ein Gesicht? Sah man ihm das Zuchthaus noch an? Kam der alte Moosberger?

Ja, sie gierten förmlich danach, auf all diese Fragen eine befriedigende Antwort zu bekommen.

Aus diesem Grunde war das Gotteshaus voller Menschen. Alles, was nur noch krabbeln konnte, hatte sich auf den Weg gemacht. Sogar auf dem Platz an der Linde standen sie schwatzend herum und warteten darauf, daß das Brautpaar endlich das Gotteshaus verlassen sollte, in dem sie selbst keinen Platz mehr gefunden hatten.

Dann kamen sie. Christl trug ein schlichtes, lichtblaues Kleid mit dunklen Samtbesätzen, und Florian hatte einen Trachtenanzug an.

Also, nein! Festlich genug war das den Langenbergern nun wirklich nicht. Ziemlich enttäuscht verstreute sich die Menge. Ja, eine kleine Sensation war es noch, daß ein paar der Dörfler wagten, dem Brautpaar zu gratulieren.

„Paß bloß auf, Christl, daß er dir nit einmal ein Messer hineinrennt!“ rief plötzlich eine Stimme von irgendwoher. Christls Kopf ruckte herum. Woher war diese Stimme gekommen?

„Ja, vielleicht erschlägt er dich einmal und fängt auch zu saufen an wie dein Jakob!“ keifte plötzlich eine andere schrille Frauenstimme dazwischen.

„Komm, Florian", bat Christl tonlos. „Laß uns gehen! Bitte, laß uns gehen! Ich ertrag dieses Pack nicht mehr. Ich ertrag sie nicht mehr, die Leute, und mich werden s' auch nimmer ertragen."

Sie bahnten sich einen Weg durch die Menschenmenge und gingen rasch zu dem Einspänner, der am Rande des Dorfplatzes stand. Unruhig scharrte der Gaul mit den Hufen in der sandigen Erde.

Florian half seiner jungen Frau hinauf. Dann nahm er die Zügel in die Hand. So fest, wie er die Zügel des Wagens in den Händen hielt, so fest wollte er die Zügel ihres neuen, gemeinsamen Lebens halten.

Als sie davonfuhren, tönte Gelächter aus der Menge. Höhnisches, böses Gelächter. Da wußten Christl und Florian, daß sie keinen leichten Stand im Dörfl haben würden. Man würde sie weiterhin mit Verachtung strafen und sie meiden.

Auf dem Hof angekommen, mußte Christl weinen. Florian versuchte sie zu trösten. Aber das gelang ihm nur sehr schlecht.

Mutter Anna, die darauf bestanden hatte, mit dem Kind zu Fuß zu gehen, kam später zurück. Sie machte einen sehr mutlosen Eindruck.

Da stellte sich plötzlich Hannerl vor Florian hin.

„Die Leut' reden, daß du der Mann bist, der meinen Vater totgemacht hat“, sagte das Kind.

„Nein!“ schrie Christl da in ihrer Verzweiflung. „Nein, er ist es nicht gewesen, Hannerl. Er hat deinen Vater nicht totgemacht. Später, wenn du einmal älter und verständiger bist, dann will ich dir erzählen, was dein Vater für ein Mensch gewesen ist. So, und jetzt sei schön brav!“

„Hast du es wirklich nicht gemacht?“ fragte Hannerl nun. Mit unschuldigem und zugleich mißtrauischem Blick stand das Mädchen vor dem Mann ihrer Mutter. Aufmerksam forschten die Blicke ihrer Augen in seinem Gesicht. Er hielt diesem Blick stand. Dann schüttelte Florian den Kopf.

„Nein, Hannerl, ich hab es nicht getan. Ganz bestimmt nicht!“

Da wandte sich das Kind um und verließ stumm die Stube.

„Oh, Gott, oh, Gott“, weinte Christl nun heiser auf. „Ich weiß gar nit, wie ich das alles ertragen soll.“

In diesem Augenblick wurde von draußen an die Tür gepocht. Die vom Hainhof zuckten zusammen.

„Wer mag das sein?“ fragte Mutter Anna.

„Zu uns kommt doch keines. Jahr und Tag kommt keines."

„Laß, Mutter", sagte Florian. „Ich geh und öffne."

Er öffnete die Tür und trat dann erschrocken einen Schritt zurück.

„Franz, du?" fragte er erstaunt.

„Ja, ich, Florian. Darf ich einen Moment hereinkommen?"

Florian warf Christl einen Blick zu. Die nickte.

„Ja, Franz, komm herein", sagte sie. „Mach's aber kurz, wenn du uns Vorwürfe machen willst. Wir haben es eh schwer genug. Das weißt du!"

„Ja, das weiß ich", bestätigte er. „Aber ich bin nicht gekommen, um euch Vorwürfe zu machen. Nein, nein, gewiß bin ich nicht deshalb gekommen. Ich möcht zuerst einmal gratulieren."

„Wie edel von dir!" rief Florian spöttisch aus. „Auf dem Dorfplatz hast du dazu den Mut gewiß nicht gefunden. Das hat eines besonderen Besuches bedurft. Hast dich extra unter dem Deckmantel der Heimlichkeit heraufbemühen müssen. Fein ist das, Franz!"

„Himmelherrgott, versteh mich doch, Florian! Ich sitz zwischen zwei Stühlen. Was soll ich denn machen, wenn mich der Vater ebenfalls hinausschmeißt? Es ist mir nicht recht, daß du gegangen bist. Es ist mir alles nicht recht."

„Du glaubst, ich sei schuldig, nicht wahr?"

„Das Gericht hat es doch bewiesen!"

„Bewiesen! Was war denn da schon groß zu beweisen", sagte Florian bitter. „Die Zufälle und alles ist gegen mich gewesen. Alles war gegen mich. Ihr hättet es ja wissen müssen. Vielleicht wird meine Unschuld nie bewiesen werden. Niemals!"

„Florian, ich glaub dir!"

Stumm standen sich die Brüder gegenüber. Sie tauschten lange Blicke. Dann zog Florian den Älteren an sich.

„Danke, Franz! Ich danke dir. Das war das schönste Hochzeitsgeschenk!"

„Ja, es ist meine Meinung. Ich glaub, daß du unschuldig bist. Man muß es doch herausbringen können, Florian. Man muß doch etwas tun!"

„Was denn? Was soll man tun? Die Zeugen von damals sind weg. Von der Seffa, die vielleicht etwas gesehen haben könnte, hat man nie mehr etwas gehört oder gesehen. Wer weiß, wo sie ist."

„Sie erzählen, sie sei in Innsbruck!" stieß Franz hervor. „In einer Wirtschaft soll sie arbeiten als Kellnerin. Sie hat ja diesen Steinwanger-Gustl geheiratet, soviel man weiß!"

„Ach laß, Franz", wehrte Florian etwas müde ab. „Es hat doch alles keinen Wert. Mit dem muß ich jetzt einfach leben. Ich glaub, daß wir fertig werden, nicht wahr Christl, wir werden doch damit fertig?"

Sie nickte. Aber in ihren Augen lag keine Hoffnung. Ihr Blick war wie erloschen.

„Ja, und da hätt ich dann noch Geld für euch. Ein Hochzeitsgeschenk ..."

„Du weißt, daß ich kein Geld nehm. Ich nehm's nit!"

„Keine Angst, es ist nicht vom Vater. Es ist mein eigenes Geld, Florian. Du kannst es beruhigt nehmen. Es soll auch keine Wiedergutmachung sein. Ich weiß doch, wie schwer ihr es jetzt habt."

„Nein, Franzl, Geld nehm ich keines", beharrte Florian. „Ich käm mir immer vor wie ein Almosenempfänger."

„Weil du zu stolz bist!"

„Na und?" fragte Florian mit tiefer Bitterkeit in der Stimme. „Dann bin ich halt stolz. Aber dieser Stolz ist wirklich das einzige, was mir noch geblieben ist. Wenn man nicht mehr für mich tun kann, als nur Geld geben, dann ist's schlimm genug. Es ist so, wie's ist, und so wird's bleiben, wenn nit ein Wunder geschieht. Aber wir leben nimmer in einer Zeit, in der die Wunder passieren. Wir müssen ohne Wunder leben."

★

Franz Moosberger war besessen von der Idee, die Unschuld seines Bruders zu beweisen. Nur der Beweis der Unschuld würde die Dinge zum Guten wenden. Doch Franz drehte sich im Kreis, denn er wußte, daß Florian im Grunde recht hatte. Welche Möglichkeiten gab es denn schon zu beweisen, daß Florian kein Totschläger war?

Einsam und still lebten die auf dem Hainhof. Sie hatten sich mittlerweile an die Verachtung im Dorf gewöhnt. Christl hatte dafür gesorgt, daß das Kind aus der Dorfschule ausgeschult und im Nachbarort eingeschult wurde, denn man attackierte Hannerl mit den bösartigsten Angriffen. Christl wollte nicht, daß ihr Kind so belastet aufwuchs, obwohl sie nicht alles von ihm fernhalten konnte.

Zwischen Christl und Florian jedoch blühte ein stilles Glück mit einem festen, treuen Zusammenhalt. Beide wagten immer noch den Blick nach vorn und versuchten, hoffnungsfroh in eine Zukunft zu blicken, die es vielleicht für sie beide überhaupt nicht mehr gab. Sie klammerten sich aneinander fest, stützten und trösteten sich. Der schönste Augenblick in ihrem Leben war jener, als Christl ihrem Mann verkünden konnte, daß sie ein Kind erwartete.

Dieses Kind wurde übers Jahr im Herbst geboren. Die Erdäpfel waren schon aus dem Boden, als Christl ins Kindbett kam. Es war keine leichte Geburt, und man mußte um das Leben der Mutter bangen.

„Lieber, guter Gott im Himmel", betete Florian, „nimm sie mir nit weg, die Christl! Sie ist doch alles, ja das einzige, was ich hab in meinem Leben."

Gott hatte wohl Erbarmen und ließ eine Gnadenblüte niedersinken, die Christl aus ihrem Dahindämmern aufweckte und sie in das Leben zurückschickte. Nach dem Weihnachtsfest war sie wieder die blühende Frau von früher, wenn auch ihr Gesicht noch ein bisserl von der Blässe der langen Krankheit gezeichnet war.

Franz kam des öfteren auf den Hainhof. Aber er mußte es heimlich tun, und Florian und Christl verstanden ihn. Er durfte doch nicht ihretwegen die Heimat auch noch aufs Spiel setzen. Tat er ihnen soviel Gutes, zeigte er soviel Verständnis. Ja, zwischen den Brüdern entwickelte sich wieder ein fester Zusammenhalt, den sie jedoch geschickt vor dem Dorf und vor seinen Bewohnern zu verheimlichen wußten.

Lenz war wieder geworden in den Bergen. Wie immer blühte und grünte es. Ein Brausen und Singen rauschte durch das ganze Tal. Neu und lebendig wurde alles. Doch die Menschen unter diesem Himmel schienen sich in ihrem starren Sinn ebenso wenig zu verändern, wie es die Berge taten. Ende Mai hatte Franz in Innsbruck zu tun. Es waren neue Sägeblätter in einem Metallwerk zu bestellen. Franz erledigte seine Arbeit. Dann bekam er Durst, denn der Tag war doch sehr heiß. Innsbruck, das in einem Talkessel liegt, nahm die Hitze ganz gewaltig auf. Schwer und drückend lastete sie auf den engen Gassen. So suchte Franz Moosberger das nächstgelegene Gasthaus auf. „Zum scharfen Eck" stand darüber geschrieben. Franz betrat es und merkte, daß er in eine Spelunke geraten war. Das Publikum gehörte nicht zum Feinsten. Schon wollte Franz wieder gehen, als er wie elektrisiert stehenblieb. Hinter der Theke stand eine rothaarige Frau. Sie war schmuddelig angezogen und ihr Gesicht stark geschminkt.

Langsam trat Franz näher, denn die Luft war so verqualmt, daß er das Gesicht der Frau von weitem nicht so recht zu erkennen vermochte.

„Seffa?" fragte er schließlich. „Bist du nicht die Seffa?"

Die Frau hob den Kopf. Der Blick ihrer Augen war müde, glanzlos und stumpf.

„Der Moosberger", sagte sie. „Der Moosberger, naa, das gibt's doch nit! Komm, gib mir einen aus aufs Wiedersehen!"

Sie schien betrunken zu sein. Sie holte eine

Schnapsflasche, schenkte die Gläser ein und wankte dann mit ihm zum Tisch.

„Ist dein Florian wieder daheim, der arme Hund?" fragte sie und starrte in ihr Glas.

„Ja, der Florian ist wieder daheim. Er hat die Christl geheiratet."

„So, so, die Christl. Die war zu gut für den Jakob, und ich bin zu schlecht für den Gustl. Oder zu gut, was weiß ich denn?"

„Wo ist denn dein Mann?"

„Ich schenk dir alles", sagte sie. „Hier, sauf, was du willst! Alles gibt's heut frei. Alles gratis und umsonst!"

„Seffa, was ist denn los?" fragte Franz.

„Der Sauhund liegt droben mit der Kellnerin im Bett! Derweil mach ich halt herunten das Geld kaputt." Sie bog ihren Kopf zurück und lachte wiehernd auf.

„Gehört euch denn das Wirtshaus?"

„Gehören?" fragte sie und legte den Kopf schief. „Die Schulden gehören uns. Die Schulden. Das Kind ist tot. Seine Schuld. Ins Auto hat er's tappen lassen, der Sauhund, und jetzt liegt er mit der Kellnerin droben. Hopp, Moosberger, sauf! Wenn der so weiter macht, dann bring ich ihn dahin, wo er hingehört. Dann mach ich die Gosch'n auf über das, was damals wirklich passiert ist."

In diesem Augenblick betrat Gustl Steinwanger das Lokal. Er wirkte nicht weniger heruntergekommen wie seine Frau. Langsam knöpfte er sich das Hemd zu, während sich ein schüchternes, blondes Madel hinter ihm durch die Küchentür drückte.

„Na!" schrie Seffa. „Bist fertig mit der? Der Fetz'n fliegt mir außer und du dazu!"

„Halt deinen Mund", sagte Gustl. „Schau dich einmal an, wie du aussiehst."

„Schau dich an", fauchte sie ihn an. Die Gäste wurden hellhörig. „Ja, schau dich nur an! Schau in den Spiegel! Weißt, was du da siehst? Das Gesicht eines Mörders siehst du da!"

Da holte Gustl Steinwanger aus und versetzte seiner Frau eine Ohrfeige.

„Moosberger, raus da!" keuchte Gustl Steinwanger, der den jungen Sägemüller nun erkannt hatte.

„Holt doch die Schmier!" schrie Seffa plötzlich. „Holt die Schmier!"

„Sie versuchte zu fliehen, doch Gustl hielt sie fest. Da biß sie zu. Sie bekam noch ein paar Ohrfeigen.

„Er war's!" schrie Seffa plötzlich. „Ja, er, alle könnt ihr's hören. Den Buchner-Jakob zu Langenberg hat er erstochen. Er!"

Sie wies auf ihren Mann. Der wich langsam zurück

„Seffa, ist das die Wahrheit?" stammelte Franz.

„Hol die Schmier! Hol sie doch! Jetzt schweig ich nimmer. Hab lang genug geschwiegen. Schau mich an, was ich bin. Das hat er aus mir gemacht. Dieser Mörder!"

Man hörte in der Küche Pfannen und Geschirr zerschlagen. Dann plötzlich war es still. Man stellte fest, daß Gustl Steinwanger das Lokal durch die Hintertür verlassen hatte. Doch man verhaftete ihn schon eine Viertelstunde später nur ein paar Seitenstraßen weiter.

An jenem Nachmittag saß dann Florian wie starr auf dem Stuhl in der Diele. Er konnte das, was man ihm nun übermittelte, überhaupt nicht fassen. Beamte waren gekommen, Herren vom Gericht.

„Ja, es ist wahr, Herr Moosberger. Sie sind rehabilitiert. Ihre Unschuld ist festgestellt, und Sie werden eine Entschädigung erhalten für die Zeit, die sie unschuldig im Zuchthaus ..."

„Meine Ehr'!" schrie Florian. „Wo ist meine Ehr' geblieben? Die hat man mir doch kaputtgemacht. Ich pfeif auf das Geld!"

Vor dem Haus hatte sich eine Menschenmenge versammelt. Verschämte, betretene Gesichter. Ein paar Frauen schluchzten.

Da ging Christl hinaus.

„Leut!" rief sie. „Leut, hört her! Ihr wißt alle, daß mein Mann unschuldig ist. Jetzt wißt ihr's. Geht heim und haltet eure Gosch'n! Wir haben euch vorher nit gebraucht und brauchen euch und euer Mitleid jetzt auch nit."

Da kam einer aus der Menge. Es war der alte Moosberger. Er tappte in das Haus. Christl ließ ihm den Weg frei.

„Bub", sagte er zu seinem Sohn. „Bub, ich ..."

„Schweig, Vater", flüsterte Florian. „Schweig und überlaß es der Zeit, wie's alles einmal sein wird. Verzeihen werd ich vielleicht können. Aber ob ich's vergessen kann, weiß ich nit. Und jetzt laßt uns allein. Alle!" Dann schloß sich die Tür hinter dem alten Moosberger.

„Ja, Christl", sagte Florian und legte seinen Arm um ihre Schultern. „Es scheint so, als ob's vorbei ist. Begreifen kann ich's nit, noch nit."

„Da schau, Florian", sagte Christl. „Dort kommt d' Sonn' hinter den Wolken wieder vor. Jetzt wird s' für uns scheinen. Florian, ach, ich möcht, daß sie nit untergeht, d' Sonn', unser ganzes Leben nimmer."

Die Verleumdung

„Was ist denn jetzt schon wieder los, zum Dunnerwetternei?“ schimpfte die Bäuerin Magdalena Rieder und legte den Kochlöffel aus der Hand. Draußen im Hof erscholl Kindergeschrei. Dazwischen hinein klang die Stimme der Magd Anna Burger. Magdalena Rieder eilte aus dem Haus.

„Adam! Christian!“ schrie sie. „Geht sofort auseinander!“

Es sah ganz und gar nach einem Spaß aus. Wie ein wütendes Knäuel wälzten sich die Buben auf der Erde.

Da ging Magdalena dazwischen. Sie zerrte Adam und Christian auseinander. Ohne lange zu fragen, bekam der um zwei Jahre ältere Adam eine Ohrfeige.

„Mußt du alleweil auf den Kleinen losgehen?“ schrie die Mutter ihren Buben an.

Christian lief sogleich auf die ihn schützende Bäuerin zu und verbarg sein Gesicht in ihren Röcken.

„Du bist doch mein Guter", sagte sie. „Komm, gehen wir ins Haus. Kriegst ein Zukkerl von mir."

Dann wandte sie sich an Adam.

„Und du schaust zu, daß du verschwindest. Füttere deine Karnickel und laß dich heut nit mehr im Haus blicken."

Adam senkte den Kopf. Dann schlich er über die Hofreut zu den Hasenställen.

Die alte Anna ging ihm nach.

„Jetzt geh weiter, Bub", sagte sie. „Grein halt nit, es ist doch alles nur halb so schlimm."

„Ach, Anna", flüsterte Adam, der mit dem Familiennamen Moosauer hieß. „Warum geht denn alles alleweil auf mich hinein? Warum muß ich denn alleweil alles ausbaden?"

Schluchzend lehnte der zehnjährige Bub sein Gesicht an die rissige Scheunenwand. Tränen liefen ihm aus den Augen.

Ja, ein Außenstehender wußte halt nicht, wie es in ihm aussah. Er entstammte der ersten Ehe der Magdalena Rieder. Sie hatte seinerzeit auf den Moosauerhof eingeheiratet. Dann war der Adam gekommen. Fünf Jahre war der Bub grad alt gewesen, als sein Vater draußen im Wald beim Holzfällen verunglückte und nimmer heimkehrte.

Schon ein Jahr später hatte Magdalena den ehemaligen Gastwirt Georg Rieder geheiratet.

Dann war der Christian gekommen. Christian war Magdalenas Augapfel. Ihn behütete und beschirmte sie. Während Adam als der Ältere alleweil zurückstecken mußte und direkt von der eigenen Mutter stiefmütterlich behandelt wurde.

Dann war der Rieder-Georg an einer schweren Lebererkrankung gestorben, und Magdalena war zum zweitenmal Wittfrau geworden.

Christian wurde nun noch mehr von seiner Mutter verhätschelt, während Adam immer mehr zurückstecken mußte. Die einzige, die zu ihm hielt, war die alte Burger-Anna. Aber sie durfte halt nicht viel sagen. Einmal nur hatte sie es gewagt, sich gegen die Bäuerin aufzulehnen, doch da war diese ihr sehr schroff über den Mund gefahren und hatte gemeint, daß es die Anna überhaupt nix anginge. Wenn es ihr nicht passe, dann könnte sie ja gehen.

So ging die Rieder-Magdalena den falschen Weg in der Erziehung ihrer beiden Kinder. Sie merkte dies überhaupt nicht. Aber der Grundstein zu einer Feindschaft zwischen den Stiefbrüdern war wohl gelegt.

„Der Christian hat wieder angefangen“, flüsterte Adam nun zu der Magd. Er fuhr sich durch das wirre, dunkle Haar. Seine dunklen Augen funkelten traurig. Mußte sich nicht in dem Bürschl ein Haß auf den jüngeren Bruder entwickeln? Ahnte denn keiner die Gefahr, die heraufzog?

„Alleweil nimmt er mir alles weg. Alleweil will er alles haben, und alleweil kriegt er's auch", sagte Adam. „Wenn ich einmal groß bin, dann ..."

„Nein, Adam, so darfst nit daherreden", beschwor die alte Magd ihn. „Man darf sich net an seinem Bruder versündigen."

„Nit versündigen", flüsterte Adam. „Warum alleweil er und nit ich? Warum, Anna?"

„Ach Gott, Bub, wenn ich das wüßte", flüsterte die Gefragte. Sie streichelte dem Buben das Haar. „Vielleicht kommt es doch einmal anders, Adam. Jetzt geh weiter und fütter die Hasen."

„Vielleicht – vielleicht geh ich noch einmal durch", stammelte der Bursch in seiner hilflosen Verzweiflung.

„Aber, Bub", sagte Anna mit einem milden Lächeln, „wo willst du denn hin?"

„Irgendwohin", sagte er. „Weit fort, hinaus in die Welt. Irgendwo gibt's schon einen Platz für mich, Anna."

Diese Worte hatten sich sehr ernst angehört. Die Magd runzelte besorgt die Stirn. Sollte sie es noch einmal wagen, mit der Bäuerin über dieses Thema zu reden? So ging es doch nicht weiter.

Adam Moosauer machte sich daran, seine

Hasen zu füttern. Sie waren sein Heiligtum. Aber auch hier mischte sich der Christian stets hinein. Wenn er etwas wollte, so bekam er halt einen jeden Wunsch erfüllt ...

Anna Burger ging nachdenklich auf das Haus zu. Sie hatte Magdalenas beide Männer gekannt. Man konnte nicht behaupten, daß der eine schlechter oder besser als der andere gewesen war. Doch waren sie halt verschieden, und dies zeigte sich auch an den Kindern.

Christian, mit seinen acht Jahren, hing am Rockzipfel der Mutter. Er hatte sich noch immer nicht beruhigt und versuchte, die Wut der Riederin auf ihren Ältesten aufrechtzuhalten.

„Da schau her, Mama. Da hat er mich gebissen."

„Jetzt geh weiter, Christian", mischte die Magd sich ein. „Was erzählst du denn da für einen Schmarrn. Er hat dich doch überhaupt nit gebissen."

„Red dem Bub nit dagegen!" fuhr die Riederin auf. „Wenn er sagt, daß der Adam ihn gebissen hat, dann hat er's. Mein Christian lügt nit, merk dir das!"

Anna zuckte zusammen. Sie verstand nicht, wie man nur so schrecklich verbohrt sein konnte. Die Riederin glaubte ihrem Jüngsten ganz einfach alles. Er war in Annas Augen nicht mehr als ein vollkommen verzogenes Früchtl, dem man nach ihrer Meinung einmal den Hosenboden richtig versohlen sollte.

„Es ist überhaupt eine Sünd und eine Schand, wie du den Buben verziehst, Bäuerin", wagte Anna nun zu sagen. „Der Adam hat überhaupt keine Schuld. Mit dem Auto haben sie gespielt, und der Christian hat's ihm wegnehmen wollen, weil er nit sehen kann, wenn der Adam ebbes in den Fingern hat."

„Sie lügt!" rief Christian. „Die Anna lügt."

Gleich darauf begann er wieder zu heulen. Er kannte die Wirkung seiner Tränen ganz genau. Die Riederin streichelte und hätschelte ihn.

„Es ist schon gut, Bub", raunte sie mit ungewöhnlich weicher und zärtlich klingender Stimme. Dann ruckte ihr Kopf hoch. Die dunklen Augen funkelten böse in Annas Gesicht.

„Hab ich dir nit schon einmal gesagt, daß du dich nit in meine Sach einmischen sollst? Es sind meine Kinder, und ich erzieh sie, wie mir das paßt."

„Das ist keine Erziehung nit", sagte Anna. „Wer Haß sät, der kann nie einen Frieden ernten. Wie soll denn das erst einmal werden, wenn die Buben größer sind?"

„Das laß nur meine Sorg sein", bemerkte Magdalena Rieder schroff. „Wenn's dir nit paßt, dann kannst du ja dein Bündel packen und dahingehen. Ich halt dich nit. Ich brauch dich nit, und ich hab dich auch nie gebraucht, merk dir das!“

Anna senkte den Kopf. Denn das, was die Bäuerin nun sagte, entsprach absolut nicht der Wahrheit. Anna tat in diesem Hause alles. Sie hatte geholfen, die Kinder auf die Welt zu bringen, hatte an ihren Betten gesessen, wenn sie krank waren, hatte den zweiten Bauern gepflegt und überhaupt alles getan, wozu die Riederin bisweilen ganz einfach keine Lust zeigte.

Anna wußte, daß sie nie mehr als nur eine Magd gewesen war, aber sie besaß ein sehr feines Gespür für die Dinge des Lebens. Sie wußte, daß es später einmal nicht leicht sein würde, wenn die Kinder der Riederin einmal groß und erwachsen waren. Vor diesem Tag fürchtete sich die Burger-Anna schon heute heftig.

★

„Mama, der Onkel Hannes kommt!“ rief Christian Rieder und lief zum Fenster.

„Der Onkel Hannes?“ fragte Magdalena. Ihr Gesicht wurde blutrot. „Um Gottes willen, und ich bin nit einmal gescheit frisiert. Ach Gott, ach Gott.“

Hellste Aufregung herrschte plötzlich. Magdalena lief ganz und gar aufgeregt umher. Vor dem Spiegel in der Diele blieb sie schließlich stehen und betrachtete ihre schlanke Gestalt. Rasch zog sie die Kittelschürze aus. Das Dirndl, das sie trug, war hübsch geschnitten und betonte ihre adrette Figur. Magdalena war mit ihren zweiunddreißig Jahren ja noch keine alte Frau.

Der Viehhändler Hannes Zirngiebl kam in der letzten Zeit eigentlich recht häufig auf den Moosauerhof, und es war ganz offenkundig, daß er um Magdalena warb. Ein Wunder war das für viele in dem kleinen Dörfl Steinbach wohl nicht, denn Magdalena Rieder war keine arme Frau. Ihr zweiter Mann hatte ein Vermögen mit in die Ehe gebracht, mit dem sich der Hof seinerzeit ganz hübsch hatte vergrößern lassen. Magdalena Rieder war somit das, was man volkstümlich als eine gute Partie bezeichnete.

Christian war schon aus dem Haus gelaufen. Er verstand es recht gut, sich bei dem Zirngiebl-Hannes einzuschmeicheln. Hannes schenkte dem Kleinen immer etwas, und das hatte Christian ziemlich rasch begriffen.

Bekam Adam einmal etwas vom Viehhändler, so nahm es ihm der Christian ab, oder aber er sorgte mit seiner Greinerei dafür, daß es ihm durch die Mutter ausgehändigt wurde.

„Onkel Hannes, hast mir ebbes mitgebracht?" Die hellen Augen Christians forschten aufmerksam, sogar ein wenig listig, im Gesicht des Verehrers der Mutter.

„Aber freilich, Buberl!" rief Hannes. Er war etwas kleiner als Magdalena, zeigte ein wenig Bauchansatz und hatte auch schon schütteres Haar. Doch dies alles schien Magdalena nicht zu stören. Gar zu lang hatte sie ja darauf verzichten müssen, daß ihr ein Mann den Hof machte. Nun genoß sie das natürlich doppelt.

Hannes Zirngiebl zog eine Tafel Schokolade hervor, die er dem Christian reichte.

„Teil's schön mit deinem Bruder, gell?" sagte er.

Christian nickte. Dann verschwand er mit dem Geschenk in der Küche. Dort saß Adam bei der Anna, die eben dabei war, Kartoffeln zu schälen.

„Schau einmal, was ich gekriegt hab", sagte Christian. „Der Onkel Hannes ist nämlich gekommen."

Adam Moosauer gab darauf keine Antwort. Er mochte den Viehhändler nicht besonders leiden. Adam wußte dafür zwar keinen Grund. Er war vielleicht auch noch zu jung, um all diese Dinge zu verstehen. Es war mehr eine instinktive Ablehnung in dem Buben, die er natürlich nicht aussprach, aber bisweilen recht deutlich zeigte.

Magdalena kam in die Küche.

„Anna", sagte sie, „mach einen Kaffee, und

dann geh zur Kramerin und hol einen Likör, denn der Zirngiebl-Hannes ist gekommen."

„Aber ich muß doch erst die Kartoffeln ..."

„Hast du nit gehört, was ich dir gesagt hab?" fauchte Magdalena. „Kartoffel schälen kann der Bub auch."

„Gell, Mama, ich brauch doch dem Adam nix von der Schokolade abzugeben?"

„Freilich nit, mein Buberl", sagte Magdalena und tätschelte ihrem Jüngsten den Kopf.

Adam schwieg.

„Ätsch", sagte Christian. „Du kriegst nix von der Schokolade."

„Ich hätt auch gar nix wollen", sagte Adam.

Diese Äußerung paßte Christian schon wieder nicht. Während sich die Mutter umdrehte, versetzte er seinem älteren Bruder einen Knuff. Adam zuckte zusammen. Dabei stieß er gegen die Porzellanschüssel mit den bereits geschälten Kartoffeln. Diese stürzte auf die Fliesen und zerbrach in viele Scherben.

Magdalena schnellte herum. Sie schoß auf Adam zu und ohrfeigte ihn rechts und links.

„Du Depp, du saudummer!" schrie sie ihn an. „Kannst du denn nit aufpassen? Kann man dich gar nix machen lassen? Bist du denn zu allem zu dumm?"

Adam hatte Tränen in den Augen. Er wollte der Mutter erklären, wer eigentlich an diesem

Unglück Schuld war. Aber er wußte von vornherein, daß dies wohl gar keinen Zweck hatte. Christian würde es ja doch ableugnen.

„Schau zu, daß du Besen und Schaufel holst, sonst erschlag ich dich."

Stumm schlich der Bub davon.

In diesem Augenblick kam der Zirngiebl-Hannes unter die Küchentür.

„Was ist denn los, Magdalena?" fragte er.

„Ach!" rief sie ungehalten. „Alleweil Ärger mit dem Adam. Also weißt, wenn das so weitergeht, dann dreh ich eines Tages noch durch und vergeß mich. Der Bub ärgert einem ja die Pest an den Hals. Zerschlägt mir glatt das gute Geschirr. Also naa."

Adam fegte die Scherben zusammen.

„Heut gibt's nix zu essen, damit du es weißt!" schimpfte Magdalena. „Hopp, auf deine Kammer, und ich will dich heut nimmer sehen, du Fratz, du grauslicher."

Adam ging. Er schlich nach oben und betrat die Kammer, die er mit Christian zu teilen hatte. Schon allein dies war ein harter Umstand für den Burschen.

Er hockte sich auf sein Bett. Mit leeren Augen betrachtete er das Foto des Vaters, das auf dem Nachtkastl stand. Ja, ein wenig konnte er sich noch an ihn erinnern. Er wußte es noch, wenn ihn der Vater auf den Schoß genommen und mit ihm geredet hatte. Aber dies war ja schon alles so lange her.

Adam wollte nicht mehr weinen. Er wollte groß und stark, wollte schon ein Mann sein Aber in ihm sah es halt ganz fürchterlich aus. Wieder einmal war er unschuldig bestraft worden. Sah denn die Mutter nicht, daß sie ungerecht war? Warum tat Christian das? Warum war er nur so häßlich zu ihm?

Unten turtelte unterdessen Magdalena mit dem Zirngiebl-Hannes herum.

„Ja, ja", sagte Hannes, „ich muß dir schon recht geben, dein Adam ist wirklich ein aufsässiger Fratz. Wo er das bloß her hat?"

Magdalena zuckte die Schultern.

„Das weiß ich auch nit", sagte sie. „Jedenfalls ist der Christian ein ganz anderer. Er ist ein so lieber und braver Bub, der gar nix anstellt. Und wenn er wirklich einmal was anstellt, dann hat ihn garantiert der Adam dazu angestiftet."

„Du, sag einmal, Magdalena, hast du nicht vielleicht schon einmal daran gedacht, den Adam wegzugeben?"

Ihr Kopf ruckte in die Höhe, und in ihrem Blick sah er plötzlich etwas Erschrockenes.

„Wie meinst du denn das, Hannes?" erkundigte sie sich vorsichtig.

„Na ja, schau her, Magdalena. Es liegt doch ganz klar auf der Hand, daß du mit dem Buben nit fertig wirst. Der tanzt dir doch auf dem Kopf herum und treibt das Micherl mit dir. Für solche Kinder gibt's Heime, und ich tät den Adam in ein solches Heim geben. Dann hast du doch deine Ruh."

Sie zögerte.

„Ich weiß nit so recht", flüsterte sie. „Ich weiß nit, ob das der richtige Weg wär. Immerhin ist er doch mein Bub."

„Das schon, Magdalena", sagte Hannes. „Aber wenn ich ... ich meine, wenn ..."

Er unterbrach seine Stammelei und redete nicht mehr weiter. Doch auf ihren Wangen glühten nun rote Flecken.

„Ja, Hannes", sagte sie, „was hast du denn sagen wollen? Sag's mir, Hannes."

„Nit vor dem Kind", meinte er.

„Christian, geh, sei lieb zur Mama und geh einen Augenblick hinaus in den Hof."

„Ich will aber nit hinaus, weil's mich friert."

„Aber, Buberl. Es ist doch nit kalt draußen. Schau, tu der Mama den Gefallen und geh ein bissel hinaus. Kriegst auch hinterher ein Zukkerl von mir."

„Ich will kein Zuckerl. Ich will Geld."

„Ach, Christian, komm sei ein lieber Bub", bettelte Magdalena. Schließlich holte sie seufzend ihre Geldbörse, entnahm dieser einen Schein und gab ihn dem Buben. „Aber paß auf, wenn du zur Kramerin gehst, daß kein Auto nit kommt, gell Buberl?"

„Ich paß schon auf!" rief der blonde Christian. Dann war er draußen.

Magdalena Rieder richtete ihr Gewand.

„So, Hannes", sagte sie aufgeregt, „jetzt sind wir ganz allein, jetzt kannst du mir sagen, was du auf dem Herzen hast."

„Ach Gott, Magdalena; ich bin ja so verschämt", sagte er verlegen. Sein glänzendes Gesicht wurde nun auch rot

„Bitt schön, sag's doch."

Da blickte er hoch

„Willst du, ich meine, willst du meine Frau werden?"

„Deine ...?"

Er nickte. Nun schien es ihm wohler zu sein, da es heraus war.

„Ja, Magdalena. Ich hab dich schon so lang drum fragen wollen, weil ich dich doch so gern mag. Schau her, ich hab auch schon schöne Ringe besorgt."

„Du hast ...?"

Er nickte.

„Ja, das ist vielleicht eine Überraschung", sagte sie. Mit seinem Antrag hatte sie im Grund schon längere Zeit gerechnet, aber nun stellte sie bei sich fest, daß sie doch etwas überrascht war.

„Also, willst du, Magdalena?"

„Ja! Ja, Hannes, das will ich", sagte sie. Da zog er sie ein wenig an sich heran.

Adam stand oben auf der Stiege.

„Was willst du denn?" herrschte Magdalena ihn an und befreite sich hastig aus Hannes' Armen.

„Ich – ich muß auf die Toilette", sagte Adam.

„Dann geh! Aber mach geschwind. Hab ich dir nit gesagt, daß ich dich heut nimmer sehen will? Komm nit noch einmal mit so einem Anliegen herunter."

Er schlich später wieder an ihnen vorbei. Er warf einen mißtrauischen Blick in das Gesicht der Mutter und in das des Viehhändlers. In ihm herrschte heillose Verwirrung.

Was hatte denn das zu bedeuten, daß der Viehhändler die Mutter in den Arm genommen hatte?

Auf diese Frage fand Adam vorläufig noch keine Antwort. Doch am nächsten Tag schon wurde er es gewahr. Er hörte, wie sich die Mutter mit Anna unterhielt und ihr eröffnete, daß sie und der Viehhändler Hannes Zirngiebl in ein paar Wochen heiraten wollten.

„Mama, aber doch nit den Zirngiebl!" stammelte Adam. Es war eine impulsive Reaktion, denn Adam hatte über den Viehhändler schon einige Dinge gehört, die ihm immer unbegreiflich waren. Man erzählte sich, daß Hannes Zirngiebl die Leute betrogen haben sollte. Adam war alt genug, um das zu verstehen.

„Sag einmal, spinnst du?“ fragte Magdalena. „Was geht denn dich das an? Du, da hältst dich fei raus, Bürschl.“

„Mama, der Zirngiebl ist ein schlechter Mensch, das haben die Leut gesagt.“

„Was die Leut sagen, ist mir wurscht. Und merk dir, daß es dich nix angeht, was ich mach. Wenn du dich nit raushältst, dann laß ich dich fortschaffen.“

Er bekam große, runde Augen.

„Schau mich nit so an“, sagte sie, „ich mein es ernst. Für störrische und aufsässige Kinder gibt's Heime. Dort wird man eingesperrt, und sie hauen einem jeden Tag dreimal den Frack voll, bis man ein anderer Mensch wird. Mit dir mach ich das jedenfalls nimmer länger mit, wenn du dich nit änderst. Gestern ist der Christian wieder mit einer kaputten Hose heimgekommen und hat gesagt, daß du ihn in den Stacheldraht geschmissen hast.“

„Das hab ich nit, Mama“, versicherte Adam. „Er ist doch selber beim Hintermeier über den Zaun gehüpft und mit seiner Hose hängengeblieben …“

„Der Adam lügt!“ kreischte Christian. „Geschubst hat er mich, sonst wär ich nit hingefallen.“

„Es ist ja schon gut, mein Buberl", sagte Magdalena und streichelte ihren Jüngsten. „Ich weiß doch, daß es der Adam gewesen ist."

Sie drehte sich wieder zu ihrem Ältesten um.

„Also, richt dich danach!" sagte sie. „Wenn noch einmal was vorkommt, dann passiert's, das sag ich dir! Sei anständig zum Christian. Er ist doch immerhin dein Bruder, und er tut dir nix, er ist ja ein so lieber und braver Bub. Du bist doch alleweil der Böse, und mit dir hat man nix wie Ärger. Das stell ich ab."

In Adam entwickelte sich nun eine fast panische Angst. O ja, er hatte schon öfters von solchen Heimen gehört. Ganz und gar schreckliche Geschichten hatten sie in der Schule darüber zu berichten gewußt. Adam wollte nicht fort aus Steinbach. Er wollte auch nicht fort vom Moosauerhof. Obwohl es ihm hier nicht besonders gutging und er ja stets von Mutter und Bruder unterdrückt wurde. Aber fortgehen wollte er trotz allem nicht. Wie aber sollte er die Situation ändern, wenn ihm Christian überhaupt keine Möglichkeit dazu ließ. Christian log, und Magdalena machte sich einfach nicht die Mühe, diese Lügereien aufzudecken. Sie versäumte es, bei Christian das Übel an der Wurzel zu packen, überlegte nicht, daß sich dies einmal als ein schwerwiegender Fehler herausstellen und nicht wieder gutzumachen sein könnte.

★

Magdalena Rieder ging ihre dritte Ehe ein und wurde Frau Zirngiebl. Freilich hatte es ein paar Leute gegeben, die Magdalena zu warnen wußten.

Wie man denn nur den Viehhändler heiraten könnte, hieß es, der Zirngiebl sei doch ein schlechter Mensch und tauge nicht viel.

Aber bei Magdalena sah es halt so aus, als wäre sie bereits in Torschlußpanik geraten. Außerdem umschwänzelte Hannes Zirngiebl die Bäuerin nach allen Regeln der Kunst. Das gefiel Magdalena, und daher hörte sie auf keinen Ratschlag, den man ihr gab.

Das Verhältnis zwischen den Brüdern wurde durch die Heirat nicht besser, sondern eher schlechter. Schon nach kurzer Zeit mußte Adam Moosauer feststellen, daß er nun gleich drei gegen sich hatte. Denn Christian verstand es hervorragend, sich bei dem neuen Stiefvater einzukratzen und den Bruder bei ihm zu verraten und zu verkaufen, wo immer ihm das nur möglich war. Meistens schaute für den Christian ja ein Vorteil dabei heraus.

Adam hingegen mochte den Zirngiebl-Hannes nicht, und der wiederum mochte den ältesten Buben Magdalenas ebenfalls nicht. Beide zeigten einander ganz deutlich ihre Abneigung.

Man konnte behaupten, daß Adam regelrecht ins Abseits gedrängt wurde. Aus dem Buben wurde ein scheuer, stiller und verschüchterter Einzelgänger, der sich auch in der Schule absonderte und von keinem etwas wissen wollte.

Wenn ihn die Mutter ließ, dann war er draußen in der Natur. Er durchstreifte die Bergwälder, blieb oft stundenlang fern, und keiner wußte, wie er seine einsamen Stunden durchlebte.

Als Adam zwölf Jahre alt war, zog drunten im Gemeindehäusl eine neue Familie ein. Die Leute hießen Lindner und hatten ein Mädel, das ein Jahr jünger war als Adam. Ernst Lindner arbeitete als Gemeindediener, während seine Frau Anna im Gasthof als Küchenhilfe schaffte.

Die Lindners waren keine wohlhabenden Leute. Im Dorf wußte man nicht so recht, woher sie kamen. Denn auf die neugierigen Fragen der Dörfler wichen die Lindners beharrlich aus.

Dieses Verhalten erregte selbstverständlich das Mißtrauen der Bewohner von Steinbach. Sie waren eben so, daß sie alles ablehnten, was ihnen fremd und unerklärlich erschien.

So wurde die Familie Lindner gleich zum Außenseiter abgestempelt, und man sah es nicht gern, wenn die eigenen Kinder mit Thea Lindner Umgang pflegten.

Dabei war die Thea ein ganz reizendes Mädel. Sie trug das lange, blonde Haar zu einem Zopf geflochten, den sie an Feiertagen zu einer Krone aufgesteckt bekam. Thea hatte blitzblaue Augen. Wenn sie lachte, dann zeigten ihre Wangen überaus reizende Grübchen.

Vielleicht war es gar nicht einmal so merkwürdig, daß sich der stille, schüchterne Adam zu Thea hingezogen fühlte. Immer wieder, wenn es ihm möglich war, suchte er ihre Nähe, aber er sprach sie nicht an, er betrachtete sie nur von der Seite.

Da wagte Thea eines Tages selbst den Vorstoß.

„Adam?" begann sie.

„Ja, Thea?"

Seine dunklen Augen leuchteten erwartungsvoll auf. Dabei schien nun eine ganz und gar heiße Sehnsucht in seinen Augen zu liegen. Ja, richtig brennend war sein Blick.

„Adam?" begann Thea Lindner von neuem. Sie knetete dabei ein wenig ihre Hände und blickte verlegen zu Boden. „Adam, du kennst dich doch im Wald aus, oder nit?"

„Das will ich meinen", sagte Adam, „ich bin doch oft genug draußen."

„Jetzt ist doch die Zeit, wo's die Schwammerln gibt", bemerkte Thea. „Ich hätt' gern einmal welche gesucht. Aber ich kenn ja nit die richtigen Plätze. Da hab ich dich fragen wollen, ob du mir das nit zeigen könntest?"

Oh, nichts lieber als das tat er.

„Freilich kann ich das, Thea!" rief er aus, wobei seine Stimme vor Begeisterung fast ein wenig zitterte. „Wann hast du denn Zeit?"

„Ach, ich hätt schon Zeit heut nach der Schule", sagte Thea. „Um drei bin ich mit den Hausaufgaben fertig. Wenn's dir nix ausmacht ..."

„Aber nein, Thea!" rief Adam aus. „Ich hol dich ab, wenn es dir recht ist."

Sie nickte ihm mit leuchtenden Augen zu.

„Das ist arg nett von dir, Adam", sagte sie dankbar.

„Ach, geh weiter", wehrte er ab, „das ist doch selbstverständlich!"

Beglückt und erfreut ging er an diesem Tag nach Hause. Er wußte nicht, daß sein Bruder Christian dieses Intermezzo beobachtet hatte. In Christians Herzen schien sich schon wieder der Neid bemerkbar zu machen. Warum ausgerechnet sollte der Adam zusammen mit der netten Thea in den Wald gehen? Auch der Christian mit seinen zehn Jahren zeigte nämlich Gefallen an dem um ein Jahr älteren Mädel.

Daheim angekommen, versuchte Christian wieder einen Streit mit Adam zu provozieren. Doch merkwürdigerweise wollte ihm das an diesem Tag nicht gelingen. Dem Adam war nicht beizukommen. Er, der sich doch sonst bisweilen vom jüngeren Bruder reizen ließ, wich ihm heute aus.

Da ging Christian zum Frontalangriff über.

„Du gehst mit der Thea in den Wald“, sagte er.

Adam zuckte ein wenig erschrocken zusammen und blickte den blonden Bruder an.

„Na und?“ sagte er. „Was ist denn da dabei?“

„Du weißt, was die Lindners für welche sind“, sagte Christian. „Wenn ich es der Mutter sage, dann läßt sie dich sowieso nit gehen.“

„Du wirst nix sagen“, erklärte Adam.

„Doch werd ich's sagen. Oder du läßt mich mitgehen!“

„Nein“, beharrte Adam, „du mußt nit überall dabei sein und nit alleweil deinen Schädel durchsetzen.“

„Ich will aber mit!“ stieß Christian zornig und eigensinnig hervor. Dabei stampfte er mit dem Fuß auf die Dielen, und seine hellen Augen blitzten zornig.

„Diesmal setzt du deinen Kopf nit durch“, erklärte Adam. „Diesmal geh ich allein, und wenn du dich auf den Kopf stellst.“

„Mama!“ schrie Christian. Seine Stimme gellte durch das Haus.

„Da kannst du plärren, so lang du magst“, meinte Adam. Seine Stimme klang nun ein wenig triumphierend. Kam es doch so selten vor, daß er gegen den Bruder einen Kampf gewinnen konnte. „Die Mutter ist nämlich nit da. Sie ist mit dem Zirngiebl nach Innsbruck gefahren und kommt erst am Abend wieder retour."

„Dann – dann sag ich's ihr am Abend!" stieß Christian hervor. Jetzt wirkte er plötzlich ganz wehrlos. Sonst verstand er es ja immer, sich gegen den Älteren zu behaupten und durchzusetzen. Aber diesmal fehlte ihm doch die Mutter, die ihm den Rücken stärkte, und er sah seine Felle davonschwimmen.

Adam ahnte, daß der Christian ihm wohl hinterherlaufen würde, daher nahm er einen anderen Weg. Er sprang über Zäune, kroch durch Hecken und lief an Feldrainen entlang. So gelang es ihm, zu verhindern, daß der Christian ihm folgte.

Das Gemeindehäusl befand sich am Rand des Dorfes. Es war ein niedriger Bau mit einem flachen, tief herabgezogenen Dach, in dessen Oberstock es gerade zwei winzige Kammern gab. Vor dem Haus befand sich ein kleiner Vorgarten mit einem Zaun herum, der das Ausbessern wohl dringend nötig gehabt hätte.

Dort sah Adam schließlich die Thea stehen. Sie hatte ihr Dirndlgewand an, das sie eigentlich die ganze Woche über trug. In ihrer Armbeuge hing ein Weidenkörbl.

Adams Gesicht war rot vom raschen Lauf geworden. Das Herz klopfte ihm bis zum Hals hinauf, als er auf die Tochter des Gemeindedieners zutrat.

Sie sah ihn mit leuchtenden Augen an.

„Ich freu mich, daß du gekommen bist, Adam“, sagte sie. „Ich hab schon gemeint, du würdest vielleicht nit kommen.“

„Wenn ich was versprech“, versicherte er, „dann halt ich es auch!“

„Warum bist nit die Straße heraufgekommen?“ wollte sie von ihm wissen, während sie über den Hang hinauf dem Wald entgegengingen.

„Ach, weißt“, sagte er, „der Christian wollt halt auch mit.“

„Und warum ist er nit mitgegangen?“ erkundigte sich Thea.

„Weil ich es nit will!“ stieß Adam schroff hervor.

„Aber – aber er ist doch dein Bruder?“ fragte Thea verwundert. In der Schule bekam man ja nicht mit, wie es eigentlich um die beiden Brüder bestellt war.

„Weil ich es einfach nit gewollt hab, daß er mit uns geht“, sagte Adam.

„Das ist aber nit nett von dir“, bemerkte Thea.

„Davon verstehst du nix“, wich er aus. Er sperrte sich dagegen, ihr alles zu erzählen. Er fürchtete, sich ihr gegenüber zu blamieren. Denn daheim gab es ja für ihn überhaupt keine Möglichkeit, sich zur Wehr zu setzen. Vielleicht hätte ihn die Thea als einen Feigling bezeichnet, und das wollte Adam begreiflicherweise nicht.

Der stille, kühle Wald umfing sie mit seinem gleichsam schützenden Dach, durch dessen dichtes Blättergewirr ab und zu die Sonnenstrahlen auf den bemoosten Waldboden hinunterpfeilten.

Steil ging's im Bergwald hinauf. Adam schwieg. Er schwieg immer, wenn er draußen in der Natur war. Daran war er ja gewöhnt. Hier war er mit seinen Gedanken allein. Hier hing er seinen Träumen nach.

Und wie sahen seine Träume aus?

Einmal, so dachte er immer, wollte er ganz frei sein. Niemand würde ihm mehr etwas dreinreden. Niemand würde ihm Befehle erteilen, und er würde nicht gehorchen müssen. Doch wann das einmal so sein würde, wußte Adam Moosauer natürlich nicht.

„Red halt ein bissel was", hörte Adam die Thea sagen.

Da blieb er stehen und wischte sich mit dem Handrücken über die Stirn.

„Jetzt kommen wir gleich zu einem Fleckerl, wo die schönsten Steinpilze wachsen", erklärte er ihr.

Das war dann auch schon wieder alles. Schweigend stieg er voran. Sie folgte ihm. Dann setzte sie sich auf einen Baumstumpf und stellte das Weidenkörbl neben sich ab.

„Was ist mit dir?“ rief Adam.

„Ich kann nimmer“, klagte sie. „Mir tun die Füß weh, und außerdem gehst du so rasch. Laß mich ein bissel rasten, Adam.“

Da kehrte er um und setzte sich neben sie. Er betrachtete sie, und sie betrachtete ihn.

„Du, sag einmal, Adam“, begann sie ihn vorsichtig zu fragen, „mein Großvater hat mir immer erzählt, daß im Wald drinnen die Waldweiberln hausen. Wenn man sie sieht, dann hat man Glück. Meinst, daß es sie wirklich gibt, diese Waldweiberln?“

Adam zuckte die Schultern

„Ich hab noch keines gesehen“, sagte er. „Deshalb hab ich vielleicht bis jetzt auch so wenig Glück gehabt.“

„Ich mein, ob's sie wirklich gibt?“ bohrte Thea weiter.

„Vielleicht gibt es sie und vielleicht auch nit“, sagte Adam. Seine Blicke suchten die Felswand ab, die sich zur Rechten neben ihnen in den glasklaren Sommerhimmel hochtürmte.

Sie fanden reichlich Steinpilze, und bald war Theas Körbl bis zum Rand gefüllt. So kehrten sie ins Tal zurück.

„Ich dank dir sehr, Adam", sagte Thea.

„Wenn du Lust hast", bot er ihr an, „dann zeig ich dir morgen den alten Steinbruch. Dort kann man ganz prima Versteck spielen, Thea."

Sie nickte eifrig.

„Ja, Adam, das machen wir Aber jetzt muß ich hinein und die Schwammerln putzen, weil's die Mama heut abend gewiß zubereiten will."

Er nickte.

„Dann behüt dich Gott, Thea", sagte er, drehte sich um und lief rasch davon.

Oh, wie jubelte sein Herz. Wie glücklich war er. Da gab es einmal einen Menschen, von dem er glaubte, daß er ihn anerkannte und wohl auch ein wenig bewunderte. Dieses Gefühl wollte Adam in seinem Herzen behüten und festhalten, so lange das nur möglich war.

★

Geschwinder als man dachte eilte die Zeit dahin. Ein Jahr jagte das andere, so wie der Fuchs den Hasen jagt. Aus Kindern waren Leute geworden.

Adam und Thea war es gelungen, ihre Jugendfreundschaft mit in die Tage des Erwachsenseins hinüberzuretten. Christian gelang es nicht, diese Freundschaft zu zerstören, wenngleich er voller Neid auf die beiden blickte.

Magdalena Zirngiebl war es so ziemlich egal, was Adam trieb. Nach wie vor war Christian ihr Augenstern. Er bekam alles nachgeschmissen, was er verlangte, und verstand es sehr gut, seiner Mutter die Schillinge aus der Tasche zu locken.

Leider war es so, daß sich Magdalenas Ehe mit Hannes Zirngiebl als ein Fehlschlag erwiesen hatte. Schon bald nach der Hochzeit hatte der Viehhändler sein wahres Gesicht gezeigt, und es war Magdalena klar geworden, daß es ihm nur auf das Geld ankam. Hannes Zirngiebl machte sich ein feines Leben auf Kosten seiner Frau.

Seinem eigentlichen Beruf, dem Viehhandel, ging er nicht mehr nach. Er hockte den ganzen lieben langen Tag zu Hause. Auf den Feldern schaffte er nicht. Als Grund gab er dafür an, von der Landwirtschaft nichts zu verstehen.

In den ersten Jahren ihrer Ehe hatte Magdalena gemeckert und geschimpft, doch dann war ihr klargeworden, daß dies alles keinen Zweck hatte. Hannes war so, wie er war, und sie mußte sich damit wohl oder übel abfinden.

Oftmals hockte sie verzweifelt in der Küche und heulte sich fast die Augen aus dem Kopf, weil Hannes wieder einmal ein paar Nächte dem Hof ferngeblieben war und obendrein noch eine Menge Geld verbraucht hatte.

Als einen schlimmen Umstand konnte man bezeichnen, daß Christian Rieder und sein Stiefvater Hannes Zirngiebl gemeinsame Sachen gegen Magdalena machten. Ebenso gemeinsam, wie sie gegen Magdalena vorgingen, gingen sie auch gegen Adam vor. Adam war korrekt und aufrichtig.

Es war schon öfters vorgekommen, daß Adam es gewagt hatte, seine Mutter zu warnen oder sie von Dingen in Kenntnis zu setzen, über die sie bis dahin noch nicht Bescheid gewußt hatte.

Doch Magdalena wollte von den Warnungen und Hinweisen ihres Ältesten ganz einfach nichts wissen.

„Du hast den Hannes nie gemocht und den Christian auch nit", warf sie Adam vor. „Du bist ihnen bloß neidisch."

„Nein, Mutter, neidisch bin ich gewiß nit", erklärte Adam mit vernünftiger Stimme. „Ich wüßt nit, auf was ich neidisch sein sollt. Ich kann's bloß nit begreifen, daß du die Faulheit deines Mannes und die vom Christian auch noch unterstützt. Siehst du denn nit, daß sie nix tun und bloß in den Tag hineinleben? Die ganze Arbeit bleibt an mir hängen. Wenn die Thea nit ab und zu käm und uns ein bissel helfen tät, wäre es wohl schlecht bestellt. Denn du kannst ja auch nimmer so wie früher."

Dazu schwieg die Bäuerin. Sie wußte, ihr Sohn hatte recht. Aber sie weigerte sich ganz einfach, den Tatsachen ins Auge zu schauen. Sie weigerte sich, die Gedanken darauf zu richten, daß Christian und ihr Mann sie nach Strich und Faden belogen und betrogen. Sie begriff nicht, daß man ihr ihre übergroße Anhänglichkeit und Fürsorge nicht dankte. In ihren Augen konnte das alles doch einfach nicht so sein. So lebte die Bäuerin vom Moosauerhof eigentlich an der Realität ihres Lebens vorbei. Sie hatte sich eine eigene Traumwelt aufgebaut, in der sie sozusagen dahindämmerte. Alles, was um sie herum vorging und geschah, wurde von ihr nicht richtig registriert.

Hatte sie doch früher es gut verstanden, das Geld zusammenzuhalten, so überließ sie diese Angelegenheiten heute weitgehend ihrem Mann. Der wurde mit dem Geld fertig!

Es war nun so, daß es in der letzten Zeit zwischen dem Hannes Zirngiebl und Adam Moosauer immer wieder zu heftigen Auseinandersetzungen kam. Dabei ging es maßgeblich um das Geld.

„Mich tät einmal interessieren, wofür du wieder diese zehntausend Schillinge ausgegeben hast?“ fragte Adam beispielsweise seinen Stiefvater, als er einmal die Rechnungen überprüfte.

„Was kümmert dich das“, schnauzte Hannes

Zirngiebl seinen Stiefsohn an. „Mach deine Arbeit und halt dein Maul. Damit weißt Bescheid."

„Das hast du dir so gedacht, aber damit geb ich mich net zufrieden!" rief Adam aufgebracht. „Ich hab eine Lieferung Saatkartoffeln bestellt. Wovon soll ich denn die bezahlen?"

„Das ist doch nit meine Sache", erklärte Hannes. „Ich bin nit der Hofbesitzer. Hofbesitzerin ist deine Mutter. Frag sie doch!"

Adam befand sich in keiner besonders guten Lage. Mit dem Hof war es ziemlich bergab gegangen. Auf dem Konto lag nicht mehr sehr viel Geld. Adam wußte, daß er versuchen mußte, die Mutter irgendwie umzustimmen und zur Vernunft zu bringen, wenn man nicht wollte, daß der Hof eines Tages bankrott ging.

Erneut nahm Adam einen Anlauf, mit seiner Mutter über die anstehenden Probleme zu reden.

„Schau, Mutter", sagte er, „so geht's ganz einfach nit weiter. Dein Mann und der Christian hauen das Geld nur so zum Fenster hinaus. Ich darf schauen, wie ich die Rechnungen bezahl. Wie soll denn das alles einmal weitergehen?"

„Du wirst doch wohl nit sagen wollen, daß mein Hannes nit mit dem Geld umgehen kann?" fragte Magdalena erbost und gleichzeitig verbittert.

„Genau das will ich sagen, Mutter! Der Christian kann auch nit mit dem Geld umgehen. Was braucht der denn ein Sportwagerl? Es ist ein Auto auf dem Hof, und das dürft langen. Letztens hat er gesagt, daß er sich auch noch ein Motorradl kaufen will. Mutter, dafür haben wir kein Geld."

„Misch du dich nit in das Zeugl ein, was dich nix angeht", erklärte die Zirngieblin ihrem ältesten Sohn.

„Gut, Mutter, dann will ich dir einmal etwas sagen: Dieser Hof heißt noch alleweil Moosauerhof, oder nit?"

„Ja, warum?" fragte sie. Sie strich sich eine Haarsträhne aus der Stirn. Ihr Haar war an den Schläfen bereits ein wenig grau geworden.

„Dieser Hof, der von meinem Vater selig stammt, wird einmal mein Erbe sein."

Da riß sie ihre Augen auf.

„Du wirst doch damit nit sagen wollen, daß du einmal den Hof haben willst?" fragte sie. „Was soll denn aus dem Christian werden?"

„Der Christian ist von meinem Vater nit erbberechtigt. Er ist ja viel später geboren. Der Christian kann von deinem Erbteil etwas haben, und das müßtest du ihm dann ja ausbezahlen, Mutter. So schaut es nach dem Gesetz aus."

„Ich pfeif auf das Gesetz!" fauchte sie. „Den

Hof kriegt der Christian, und dabei aus und fertig."

„Nein, Mutter, er wird ihn nit kriegen", erklärte Adam. „Alles hat er mir genommen. Immer hat er alles haben wollen und hat's von dir bekommen. Diesmal geht's nit so. Nach dem Höferecht hab ich einen Anspruch auf den Hof. Du weißt, daß ich großjährig bin, Mutter. Es wär mir nit zuviel, vor ein Gericht zu ziehen und dort mein Recht durchzusetzen."

Da blickte sie ihn fassungslos und ungläubig an.

„Du – du tätest es fertigbringen, deine eigene Mutter und den eigenen Bruder vor das Gericht zu zerren?"

„Von der eigenen Mutter und vom eigenen Bruder habe ich bisher wenig gespürt", erklärte Adam bitter. „Jetzt geht's um das Erbe meines Vaters und um meine Zukunft. Ich will ja schließlich einmal heiraten."

„Doch nit am End gar diese Thea?" fragte die Zirngieblin mit fassungslos klingender Stimme.

„Warum nit die Thea?" erkundigte Adam sich. Freilich hatte er mit der Thea noch nicht über Liebe gesprochen. Was zwischen ihnen war, war eine reine Freundschaft und eine tiefe Zuneigung, die sich aus dem Zusammensein in all den Jahren entwickelt hatte.

„Ein solches Armeleutmadl", keuchte Magdalena. „Also na, die bringst du mir nit auf den Hof. Und außerdem ist es ja sowieso egal, weil ja der Christian den Hof kriegt und du ausbezahlt wirst."

„Das werden wir noch sehen, Mutter", sagte Adam. „So, wie der Saustall da herinnen läuft, mach ich ihn nimmer mit. Das kann ich dir versichern. Dann geh ich lieber fort, und du kannst zuschauen, wie du mit deinen Äckern und mit dem Vieh fertig wirst. Du darfst mir glauben, daß du von deinem Mann und vom Christian keine Hilf nit kriegst."

Damit drehte Adam sich um und verließ die Stube. Magdalena blieb am Tisch sitzen. Ihr Gesichtsausdruck war nun sehr nachdenklich.

Adam hatte sicherlich recht. Aber sie war ganz einfach nicht bereit, dies zuzugeben. Sie sträubte und wehrte sich, weil sie mit sich selbst nicht klarkam.

Im Hausgang begegneten die Brüder einander. Adam blieb stehen. Auch Christian verharrte in seiner Bewegung. Dann verengte der Jüngere seine Augen zu schmalen Schlitzen. Neid und Haß glomm in diesen hellen Augen. Normal hätte man diesem engelhaften Wesen von Christian Rieder seine abgrundtiefe Boshaftigkeit nicht angesehen. Doch Adam kannte ihn.

„Was hast du von ihr wollen?" fragte Christian und wies mit einem Kopfruck zur Tür.

„Geh hinein und frag sie selbst. Ich hab Arbeit."

„Ja", sagte Christian. „Es wird auch Zeit, daß du wieder was tust."

Adams Fäuste zuckten. Doch er beherrschte sich. Mit raschen Schritten verließ er das Haus.

Christian Rieder betrat die Stube.

„Ach, du bist's, Christian", sagte Magdalena. Sie war aus ihren Gedanken hochgeschreckt. „Komm, setz dich ein bissel her zu mir."

„Hast gewiß Sorgen, Mama?" fragte Christian mit schmeichlerischer Stimme. Das verstand er ganz ausgezeichnet. Wenn er so mit Magdalena redete, dann waren all ihre Bedenken ganz einfach weggewischt. Dann war es wieder so wie früher, als der Christian noch ein kleiner Bub war.

„Ach, der Adam macht mir Kummer, Bub", erklärte sie.

„So? Welchen Kummer macht er dir denn?"

„Stell dir vor, mein Bub, er will den Hof, den ich für dich gedacht hab."

Christian wurde blaß. Ja, er hatte fest damit gerechnet, den Hof einmal von der Mutter überschrieben zu bekommen. Sollte sich dieser Traum nun nicht erfüllen?

„Aber – aber du hast alleweil gesagt, daß ich

den Hof krieg", stammelte Christian. „Mutter, du hast es mir versprochen, und du mußt dein Versprechen einhalten, hörst du?"

„Ja, ja! Ja!" stotterte sie. „Aber was soll ich denn machen? Der Adam sagt doch, daß er ein Recht darauf hat. Was meinst, Bub, der tät es sogar fertigbringen, uns beide vor das Gericht nach Innsbruck zu zerren. Ich hab Angst, daß er dort vielleicht Recht kriegt. Dann könnt er dich und mich sogar vom Hof wegschicken, und den Hannes auch."

„So weit darf's nit kommen"' stieß Christian Rieder hervor. Er ballte seine Hände zu Fäusten. Seine Lippen preßten sich fest aufeinander.

Eine ganze Zeitlang bejammerten sie nun diese Dinge und malten die Zukunft in den düstersten Farben, die man sich vorstellen konnte. Sie machten die ganze Situation viel schlimmer, als sie eigentlich war. Einerseits versuchten sie, einander die Angst zu nehmen, und andererseits jagten sie einander wieder schreckliche Furcht ein.

„Dann muß man eben was tun, damit es nit soweit kommt", sagte Christian schließlich zu seiner Mutter.

Sie blickte ihn mit weit aufgerissenen Augen an.

„Jesses, Bub, was hast du denn vor? Es wird doch hoffentlich kein Unrecht nit sein?"

Sie hatte in ihrem Leben schon manches getan, was nicht in Ordnung war, dieses jedoch nie bemerkt. Fremdes Unrecht jedoch sah sie sofort.

„Unrecht hin, Unrecht her. Wenn wir zu unserem Recht kommen wollen, Mutter, müssen wir schon alles dransetzen", erklärte Christian. „Ich werd mir jedenfalls was einfallen lassen, um den Adam auszuschalten."

„Du wirst doch hoffentlich nit ..."

„Nein, umbringen werd ich ihn nit, Mutter", sagte Christian grinsend. „Aber wie gesagt, es wird mir schon was einfallen, ihn aus dem Verkehr zu ziehen. Dann kann er uns keine Schwierigkeiten mehr machen, und du kannst zum Notar gehen und mir den Hof überschreiben lassen. Vertrau mir nur, Mutter."

„Ich weiß nit", flüsterte sie und fuhr sich seufzend über das Haar.

★

„Adam, du machst so ein bedrücktes Gesicht?" fragte Thea Lindner den Freund. Sie war in den letzten Jahren ein sehr hübsches Mädel geworden. In diesem Sommer hatte sie ihren zwanzigsten Geburtstag gefeiert. Besorgt blickte sie Adam an.

„Ach Gott", meinte Adam Moosauer ein wenig wegwerfend, „wer von uns hat schon keine Sorgen und keinen Kummer?"

Sie legte ihre Hand begütigend auf seinen Arm, während sie nebeneinander am Bach entlanggingen.

„Adam, willst dich mir nit anvertrauen?" fragte sie behutsam. „Geteiltes Leid ist doch alleweil halbes Leid, oder nit?"

„Das mag sein, Thea", gab Adam zu. „Aber warum soll ich dich denn mit meinem Kummer belasten? Naa, naa, laß nur, ich werd schon irgendwie damit fertig."

Da blieb Thea stehen. Adam war noch einige Schritte weitergegangen und verharrte dann ebenfalls.

„Adam", sagte Thea nun, wobei in ihrer Stimme ein merkwürdiger Klang lag.

Er ging auf sie zu

„Ja, Thea?" fragte er sie.

„Adam, ich weiß nit, wie ich es dir sagen soll. Hast du denn noch nix gemerkt?" Sie sprach stockend.

„Was soll ich denn gemerkt haben?" fragte er erstaunt.

„Adam!" Sie sah ihn an. Die Blicke ihrer schönen Augen flehten in sein Gesicht. Dann senkte sie den Kopf, und es sah so aus, als müßte sie nun all ihren Mut zusammennehmen für das, was sie ihm sagen wollte. Schon lange hatte sie sich vorgenommen, ihm einzugestehen, daß sie ihn sehr gern hatte. Auch wenn er vielleicht ihre

Gefühle nicht erwidern konnte, so wollte sie dennoch, daß er es wenigstens wußte.

„Adam, ich hab dich sehr lieb!"

„Thea!" rief er. Seine dunklen Augen strahlten und leuchteten. „Thea, ist das wirklich wahr?"

Nun hob sie ihm ihr Gesicht entgegen. In ihren Augen schimmerte es feucht. Sie nickte.

„Ja, Adam, es ist wahr, und ich habe es dir schon lange sagen wollen. Aber für ein Madl schickt sich das vielleicht nit. Die Leut sagen doch alleweil, daß der Bursch einem Madl seine Liebe zuerst erklären soll Ach, Adam, ich hab's einfach nimmer für mich behalten können. Grad das Herz hat's mir oftmals abgedrückt."

Da zog er sie sanft und zärtlich in seine Arme.

„Ich hab dich auch sehr lieb, Thea. Auch ich hab es dir sagen wollen. Aber ich bin vielleicht ein feiger Hund, weißt. Ich bin vielleicht alleweil in meinem Leben zu feig gewesen."

„Nein, Adam, nein! So darfst nit daherreden", unterbrach sie ihn begütigend und einlenkend. „Du bist nit feig. Du meinst, weil du stiller bist als andere, könnt man's dir als Feigheit auslegen. Aber ich kenn dich genau, Adam."

Dann küßte er sie. Er küßte sie zum ersten Male so, wie ein Mann eine Frau küßt. Beide fühlten sie die überschäumende Liebe in ihrem Herzen. Es war für sie wie ein Tor zu einer neuen Welt, das sie nun durchschritten und mitten hinein in den blühenden Garten der Liebe gingen.

Sie sicherten einander alles Glück dieser Erde zu. Sie versprachen einander alles. Treu wollten sie einander bleiben, bis zum letzten Augenblick.

„So, Adam", meinte sie nach einer Weile, „jetzt ist es heraus, und jetzt kannst du auch nimmer zurück. Jetzt mußt mir schon sagen, was dich so arg bedrückt. Hast du vor etwas Angst?"

Da nickte er.

„Ja, Thea, ich hab vor etwas Angst. Jetzt muß ich es dir sogar sagen. Schau, der Moosauerhof stammt von meinem Vater selig. So lang man in der Hofchronik zurückschauen kann, haben Moosauers den Hof bewirtschaftet. Meine Mutter ist jetzt zum dritten Mal verheiratet. Du weißt ja, daß der Christian aus der zweiten Ehe stammt. Mutter will ihm den Hof geben und mich wegschicken."

„Aber – aber das kann sie doch nit machen", stammelte Thea. „Du bist doch der Erstgeborene. Außerdem gibt es doch das Tiroler Höferecht, und nachdem du der Erbsohn bist, steht der Hof dir zu!"

„Ja, so ist es, Thea", erklärte Adam ernst. „Ich denk auch gar nit daran, mir meine Heimat und mein Erbe wegnehmen zu lassen. Christian ist von Mutter alleweil bevorzugt worden. Für mich war er immer Kummer und Elend, und ich hab mich nie gegen ihn durchsetzen können. Er hat mir schon so viel kaputtgemacht in meinem Leben. Ich hab Angst, daß er mir noch mehr zerstört. Vielleicht gelingt es ihm sogar, unsere Liebe zu zertrampeln ..."

„Nein!" rief Thea. „Wenn ihm auch alles gelingt, dies wird er nicht schaffen. Ich steh zu dir, Adam. Ganz gleich, was auch immer geschieht."

„Das hast du sehr schön gesagt, Thea", meinte Adam mit einem matten Lächeln. „Aber das Leben und das Schicksal sind unberechenbar. Man weiß nie, was auf einen zukommt. Glaub mir, Thea, der Christian hat den Teufel im Leib. Weißt du, was mir in der letzten Zeit aufgefallen ist?"

„Was ist dir aufgefallen, Adam?"

„Er geht an die Gewehre, die noch von meinem Vater stammen und droben im Oberstock im Waffenschrank verwahrt liegen."

„Und was tut er damit?" fragte Thea bang.

„Er ist soviel mit dem Auhuber-Natzl zusammen."

„Jesses", sagte Thea und legte daraufhin ihre Hand an den Mund. Der Auhuber-Natzl war als heimlicher Wilddieb bekannt. Der Forstmeister hatte den Burschen bisher noch nicht zu fassen bekommen.

„Du meinst, daß der Christian mit dem Natzl zum Wildern geht?" stammelte Thea schließlich.

„Das ist anzunehmen", sagte Adam. „Oft ist der Christian eine Nacht lang weg. Neulich hab ich ihn im Morgengrauen heimkommen sehen. Da hat er was in einem Sack auf dem Buckel in die Scheuer geschleppt. Kurz drauf ist dann der Zirngiebl-Hannes gekommen, und sie haben den Sack in sein Auto gebracht."

„Heiland im Himmel", stammelte Thea, „dann machen die ja gemeinsame Sach."

„Ja, so muß es wohl sein", murmelte Adam. „Der Natz und mein Stiefbruder schießen das Wild, und der Zirngiebl tut's für sie verscheuern."

„Und was willst du tun, Adam? Du mußt doch was tun. Du kannst doch den Christian nit einfach ins Unglück rennen lassen. Es muß ihm doch jemand den richtigen Weg zeigen."

Adam Moosauer zuckte die Schultern.

„Ich glaub, daß es dazu längst zu spät ist", sagte er. „Meine Mutter hat beim Christian viel zu viele Fehler gemacht. Der Christian hat ja alles bekommen. Was er nun nit bekommt, das nimmt er sich einfach, und es ist ihm egal, ob er vielleicht dabei Gewalt anwenden muß."

Jetzt begriff Thea Lindner. Sie taumelte fast ein wenig. Adam legte seinen Arm um ihre Schultern. Ihr Gesicht war kreideweiß.

„Du meinst ...?"

„Ja, ich könnt mir denken, daß er auch, was den Hof anbelangt, diese Gewalt anwenden wird."

„Aber so schaut er nit aus."

„Oh, Thea, es schaut manches anders aus, als es in Wirklichkeit ist. Der Christian ist bös, und nix wird dieses Böse aus ihm heraustreiben. Ich glaub, daß er noch einmal großes Unglück über uns alle bringen wird. Über mich, über dich, über die Mutter und nicht zuletzt über sich selbst."

„Ja – ja, aber das muß man doch verhindern", beschwor Thea den Burschen.

Adam zuckte wieder die Schultern. Er wirkte recht hilflos.

„Was soll ich denn machen?" sagte er. „Den Schlüssel für den Gewehrkasten hat die Mutter. Ich weiß nit, wo sie ihn verwahrt. Aber der Christian wird es wohl wissen. Am End gibt sie ihm sogar den Schlüssel. Ich komm nit an die Waffen heran, und ich kann sie auch nit wegräumen. Ich kann nix tun, Thea."

„Ja aber, du mußt ihn doch aufhalten", beschwor sie ihn.

„Das kann ich nit, weil ich dazu keine Möglichkeit hab."

„Dann wird es wohl irgendwann einmal bös enden", flüsterte Thea.

„Wir wollen es nit hoffen, Thea. Ach, siehst jetzt, wie hart alles für mich ist? Wie hart und wie schwer?"

Thea nickte.

„Aber ich will dir helfen, Adam", versprach sie ihm. „Wann immer irgend etwas ist, so mußt du zu mir kommen, hörst du? Wenn ich einen Rat weiß, so helf ich dir." Er nickte.

„Ich werd immer zu dir kommen, Thea. Das verspreche ich dir!"

★

Die Luft an diesem Junitag war schwer und drückend. Es hatte schon ein paarmal nach Gewitter ausgesehen. Doch dann hatte der Wind aufgefrischt und die düsteren, graugelben Wolken wieder hinweg über die Berge getrieben.

Auf den Wiesen war die Heuernte voll im Gange. Adam hatte sich von einem Nachbarbarn einen Heuwender geliehen und wendete nun damit das Heu. Thea half ihm dabei. Christian und Hannes wollten von dieser Arbeit nichts wissen, und sie waren beide dafür auch gar nicht zu bewegen. Sie hockten hinter dem Haus auf der Bank und hatten auf dem Tisch vor sich ihre Bierkrüge stehen. Hannes und Christian ließen sich von Magdalena bedienen.

Sie schimpfte schon eine Weile vor sich hin.

„Ich mein, jetzt langt's schon mit der Sauferei", gab sie ihren Unmut vor sich. „Ihr habt schon genug gehabt."

„Geh weiter, Mama. Tu nit maulen", sagte Christian grinsend und gab Hannes einen Stups in die Seite. „Du willst doch nit, daß unser Kreislauf zusammenbricht und wir am End gar noch krank werden? Es hat ja in der Zeitung gestanden, daß man bei der Hitzn recht viel trinken muß."

Sie winkte ab und ging ins Haus, um nochmals zwei Bierflaschen zu holen.

„Hannes, was meinst du? Soll ich heut auf d' Nacht noch einmal die Sach' angehen?" fragte Christian. „Mich juckt es schon gescheit in den Fingern. Seit zwei Wochen bin ich nimmer droben im Wald gewesen."

„Das mußt du wissen", sagte Hannes Zirngiebl zu seinem Stiefsohn. „Brauchen könnt ich schon was. Der Wirt drüben in Meilerbach kauft mir's ja alleweil zu einem guten Preis ab. Aber der Förster ist zur Zeit recht scharf. Vor allem, seit der junge Assistent dabei ist, halt ich die Sach nit mehr für geheuer."

„Ach was", wehrte Christian Rieder lachend ab. „Den Natz und mich erwischen sie nit so leicht. Wir kennen die Schleichwege, das mußt mir glauben. Oder nimmst an, daß wir deppert sind?"

„Das glaub ich nit", sagte Hannes. „Aber der Förster und sein Assistent sind auch nit grad die Dümmsten. Ich möcht nit, daß die G'schicht auffliegt und ich hernach noch hineingezogen werd."

„Jetzt geh aber weiter, Hannes", sagte Christian grinsend. „Du steckst ja schon bis über beide Ohren in der G'schicht drinnen."

Hannes Zirngiebl kratzte sich am Schädel. Ja, das was der Christian sagte, stimmte schon. Im Grunde war nämlich der Zirngiebl-Hannes der Anstifter zu den Wilddiebereien gewesen. Man hatte damals im Wirtshaus von Steinbach mit dem Natz zusammengesessen und einen über den Durst getrunken. Bei dieser Gelegenheit war vereinbart worden, daß Christian und der Natz gemeinsam zum Wildern gehen. Christian machte das sehr viel Spaß. Das Verbotene reizte ihn stets und hatte ihn schon immer gereizt. Diesen Nervenkitzel brauchte der junge Rieder. So hatten sich die Interessen des Zirngiebl-Hannes und die des Rieder-Christian mit denen vom Natzl vereinbaren lassen. Denn Natz verfügte zur Zeit über keine Waffe.

„Als dann", meinte Christian, „dann geh ich es heut auf d' Nacht an. Später schau ich, daß ich den Natz erwisch. Jetzt wechseln nämlich droben im Gewänd die schönen Böcke."

„Das mußt du wissen", sagte Zirngiebl wieder zu seinem Stiefsohn.

Das Feuer der Jagdleidenschaft glomm in dessen Augen. Diese Leidenschaft war wie ein Fieber in seinem Blut. Durch nichts, aber auch durch gar nichts war sie wohl jemals wieder zu verdrängen.

Die Zirngieblin kehrte nun mit den Bierflaschen an den Tisch zurück und stellte sie auf den Tisch.

Magdalena wußte nichts von der heimlichen Leidenschaft ihres Sohnes. Vielleicht ahnte sie etwas. Denn es war schon öfters vorgekommen, daß Magdalena sinnend vor dem Kasten im Flur stand, in dem die Gewehre ihres ersten Mannes verwahrt wurden. Es war auch schon vorgekommen, daß sie den Schrank aufgesperrt und den Inhalt überprüft hatte. Ob sie jedoch einmal bemerkt hatte, daß ein Gewehr fehlte, brachte man nicht in Erfahrung.

Magdalena verwahrte den Schlüssel zum Gewehrschrank in ihrem Nachtkästchen. Das wußte Christian.

An jenem Nachmittag schlich er heimlich hinauf in die Kammer der Mutter, holte den Schlüssel und ging damit zum Gewehrkasten. Er sperrte ihn auf und nahm zwei Stutzen heraus. Einen für sich und den anderen für den Auhuber-Natzl. Diese beiden Stutzen verbarg Christian unter dem Bettzeug in seiner Kammer.

Schon an diesem Abend wirkte Christian sehr nervös. Er ging später ins Dorf und kehrte bereits eine halbe Stunde später wieder zurück. Sein ganzes Verhalten war nun recht geheimnisvoll.

Adam jedoch glaubte zu wissen, was dies zu bedeuten hatte. Er glaubte zu erkennen, daß der Bruder wieder heimlich auf die verbotene Jagd gehen wollte. Durfte Adam nun etwas sagen? Durfte er überhaupt sein Geheimnis preisgeben? Würde es denn einen Zweck haben, mit der Mutter darüber zu reden?

Adam kam zu dem Schluß, daß eine solche Unterredung wohl vollkommen aussichtslos sein würde. Denn die Mutter war im Grunde viel zu verbohrt, als daß sie ihrem Augapfel eine böse Tat zugetraut hätte.

Mit Thea, die zum Nachtmahl geblieben war, sprach Adam allerdings über seine Befürchtungen und seine geheimen Ängste. Sie gingen gemeinsam hinaus in den Garten und setzten sich auf die Hausbank.

„Adam, was sollen wir denn bloß tun?“ fragte Thea.

Voller Furcht hingen die Blicke ihrer blauen

Augen in Adams nachdenklichem und besorgtem Gesicht.

„Ich weiß es nit, Thea", erklärte Adam. „Aber ich werd den Christian vielleicht im Aug behalten."

„Im Aug behalten? Wie meinst du denn das, Adam?" stammelte Thea erschrocken. „Du wirst doch hoffentlich nit in den Wald hinausgehen und sie beobachten wollen?"

„Warum nit?" fragte Adam.

„Aber das hilft doch deinem Bruder nit."

„Trotzdem", beharrte Adam. „Vielleicht kann ich ein Unglück verhindern, wenn ich ihnen nachgehe."

„Tu's nit, Adam!" bettelte Thea. „Wer weiß, was dabei herauskommt und in was du hineingezogen wirst. Ich tät an deiner Stell lieber offen mit dem Christian reden. Ich tät ihm sagen, was ich weiß, und ihn halt bitten, von seinem Plan abzusehen."

Da lachte Adam herb auf.

„Da kennst du aber den Christian schlecht", sagte er. „Der Christian hat sich noch nie in seinem Leben was ausreden lassen. Was er sich in den Kopf gesetzt hat, das hat er immer durchgeführt. Nein, Christians Willen hat noch keines nit besiegt, und mir tät dies am allerwenigsten glücken, Thea."

„Dann weiß ich auch nit, was zu tun ist", flüsterte sie. „Dann werden wohl die Dinge ihren Lauf nehmen müssen."

„Das werden sie wohl", sagte Adam.

Nachdem Thea gegangen war, machte sich Adam daran, seine Arbeit im Stall zu erledigen.

Es geschah selten einmal, daß Christian Rieder den Stall betrat. Er half schon gleich gar nicht mit.

Diesmal jedoch schien er von Adam etwas zu wollen. Eine ganze Zeitlang stellte er sich neben den Bruder hin und lächelte spöttisch. Adam glaubte zu wissen, daß Christian wieder eine Attacke auf ihn vorhatte. Deshalb tat er, als würde er den Bruder überhaupt nicht bemerken.

„Du, Adam", begann Christian schließlich, „was ich dir sagen wollte: Ein nettes Dingerl ist die Thea, gell?"

Adam hielt mit der Arbeit inne. Der Ton, in dem Christian diese paar Worte gesagt hatte, war voller Zynismus gewesen. Adam wurde von einem heißen Schreck durchfahren. Bedeutete dies, daß Christian sich am Ende selbst für Thea interessierte? Wollte er ihm das geliebte Mädel wegnehmen?

„Was geht dich die Thea an?" fragte er daher schroff.

„Darf man nit sagen, daß ich sie nett finde?" fragte Christian und grinste dabei wieder. „Du hast doch nix mit der Thea, oder? Sie ist halt eine Bekannte von dir, und ich mein …"

„Christian, ich will dir einmal ebbes sagen: Du hast in deinem Leben alles bekommen, was du gewollt hast. Man hat dir alles nachgelassen und gegeben. Aber eines kann ich dir jetzt schon raten: Von der Thea läßt du deine Finger, denn die Thea bekommst du nit."

Da lachte Christian Rieder spöttisch auf.

„Bruder, jetzt will ich dir einmal etwas sagen", begann er dann zu reden. „Du hast ganz recht, daß ich alles bekommen hab, was ich wollte. Aber sei versichert, wenn ich die Thea haben will, dann krieg ich sie auch!"

In Adam wallte nun eine ohnmächtige Wut hoch, denn er erkannte, daß es dem Bruder durchaus ernst war. Er wußte ja, wenn Christian sich was in den Kopf gesetzt hatte, daß er dieses auch ausführte. Adam überlegte wohl nicht genau, was er sagte und was er tat. Der Zorn und die Angst nahmen ihm das Maß für die Dinge.

„Laß deine Finger von der Thea, oder ich geh auf das Forstamt!" stieß Adam hervor.

Da wurde Christian mit einem Schlage bleich. Seine Hände begannen zu zittern. Langsam kam er auf den Bruder zu. Plötzlich schossen seine Hände vor und ergriffen Adam an den Hemdsärmeln. Dann rüttelte er den Älteren.

„Was weißt du, Adam?" keuchte er. „Hopp, sag mir, was du weißt."

„Laß mich los!" stieß Adam fast verächtlich hervor.

Christian ließ von dem älteren Bruder ab. Keuchend trat er ein paar Schritte zurück. Seine Augen flirrten und funkelten.

„Du weißt es also", stellte er fest.

Adam zögerte. Dann blickte er Christian an und nickte schließlich.

„Ja, ich weiß es, Christian", erklärte er jetzt in einem milderen Ton. „Ich weiß, daß du dir heimlich die Stutzen aus dem Schrank meines Vaters holst. Ich weiß auch, daß du mit dem Natz auf verbotene Jagd gehst, und das der Zirngiebl für euch das erlegte Wild verscheuert."

Christian zögerte noch einige Augenblicke. Dann trat er wieder vor.

„Adam", keuchte er heiser, „du darfst mich nit verraten, hörst du? Es darf keines wissen, weil ich ..."

„Weil du was, Christian?" fragte Adam. „Laß ab von dieser unseligen Leidenschaft. Eines Tages wird das alles sehr bös enden. Was meinst du, was los ist, wenn euch die Leut vom Forstamt schnappen? Einer aus unserer Familie im Gefängnis ..."

„Hör auf!" schrie Christian. „So hör doch endlich auf. Ich kann nix dafür, daß es so ist. Es treibt mich alleweil ganz einfach auf den Berg, und ich kann nix dagegen tun. Es ist wie eine Krankheit. Wie ein Fieber. Man muß es mir nachsehen. Ich kann nimmer, Adam."

„Wenn du keinen Stutzen hättest, könntest du auch nit wildern", erklärte Adam. „Ich werd vielleicht mit der Mutter reden, daß man die Waffen aus dem Haus entfernt."

„Nein!" schrie Christian. „Nein, auch die Mutter darf davon nix wissen." Er verlegte sich nun regelrecht aufs Winseln. Alle Versuche Adams, seinem Stiefbruder das Versprechen abzunehmen, nicht mehr auf die verbotene Jagd zu gehen, blieben erfolglos. Christian drehte sich mit dem, was er sagte, nur noch im Kreis.

Schließlich, als er sich nicht mehr zu helfen wußte, rannte er aus dem Stall. Adam stand eine Weile wie gelähmt. Wohin, um alles in der Welt, sollte denn das noch führen?

★

Drückend schwül war die Nacht. Hinter den hohen Bergen leuchtete es bisweilen wie ferner Brand. Kurze, heiße Windstöße fegten wütend durch das Gewänd. Im Bergwald bogen sich die Wipfel der hohen Bäume. Dann plötzlich war es jeweils in Abschnitten wieder fast totenstill.

Der Mond wurde zeitweise von den jagenden

Wolken freigegeben und überglänzte das Land mit seinem silbrigen Schein. Unter diesem Mondlicht hetzten zwei Mannsgestalten bergwärts. Immer, wenn das Mondlicht einmal frei über die Landschaft flutete, verbargen sich die Männer in der Nähe eines schützenden Busches, so daß man sie und ihre Schatten nicht vom Gebüsch unterscheiden konnte.

Gegen zwei Uhr nachts war es gewesen, als Adam gehört hatte, daß Christian aufgestanden war und sich anschickte, das Haus zu verlassen. Adam zog sich ebenfalls an. Dann schlich er hinunter in das Untergeschoß und verließ das Haus durch die Hintertür. Christian war zunächst hinunter in das Dorf gegangen. Adam wußte, was in dem Leinensack verborgen war, den Christian bei sich trug. Darin nämlich befanden sich die Stutzen des verstorbenen Moosauerbauern.

Im Dorf unten traf Christian mit dem Auhuber-Natz zusammen. Gemeinsam verließen sie das Dorf wieder und eilten über die Wiesen dem Wald zu. Adam folgte ihnen. Er wußte zwar selbst nicht recht, was er damit bezwecken wollte. Denn helfen konnte er dem Christian ja doch nicht. Obwohl Adam seinen Bruder wegen seiner vielen bösen Taten eigentlich hätte hassen müssen, empfand er keinen. Es war eher ein impulsives Mitleid, das seinem Inneren entströmte. Obwohl Adam wußte, daß Christian eigentlich Strafe verdient hatte, wollte er ihn davor bewahren. Er wollte Unheil verhindern, wußte jedoch nicht, wie er das zu bewerkstelligen hatte. So folgte er den beiden Wilderern immer höher hinauf in den Wald.

In jener Nacht waren noch zwei andere Männer unterwegs. Es war der Förster Steinhauser und sein Assistent Grübel.

„Genau das rechte Wetter für diese Burschen", erklärte der alte Steinhauser mit seinem grauen Bart. Fritz Grübel war erst mit seiner Ausbildung fertig geworden und noch dementsprechend hitzig. Er wollte halt alles über das Knie brechen, hatte jedoch schon einige Male erkennen müssen, daß dies ganz einfach nicht ging. So war der Junge sehr eifrig, während der Alte immer wieder dämpfend wirkte und zur Besonnenheit mahnte.

„Wir werden uns heute am Silbersteig auf die Lauer legen. Dort wechseln zur Zeit die Böcke aus dem anderen Revier herüber, und ich meine, daß es für die beiden Wilderer dort droben wohl am aussichtsreichsten ist, etwas zu erwischen."

„Wenn sie es tun", brummte der alte Steinhauser. „Hab nur Geduld, Bub. Eines Tages werden wir sie schon kriegen."

Besonnen und die Ruhe selbst, so stieg der Alte durch den Bergwald hinauf dem Gewänd zu, wo man beabsichtigte, auf die Wilddiebe zu stoßen. Unterwegs versuchte Grübel alleweil seine Ideen preiszugeben. Doch der alte, erfahrene Forstmann bat seinen Assistenten um sein Schweigen.

Die Augen des alten Steinhausers waren scharf wie die eines Adlers. Alleweil, wenn das Mondlicht über das Land flutete, blieb der Alte stehen und kniff seine Augen zu schmalen Schlitzen zusammen. Diesen Augen entging fast nichts. Ihnen entging kaum eine Bewegung, und er vermochte auch zu unterscheiden, ob es sich bei diesen Bewegungen um einen Mensch oder um ein Tier handelte.

„Bleib stehen, Fritz", sagte Steinhauser plötzlich. „Gib mir einmal das Nachtglas her."

Grübel reichte seinem Vorgesetzten das Gewünschte, durch dessen lichtstarke Objektive man die Dinge recht gut erkennen konnte. Steinhauser setzte das Glas an die Augen. Dann suchte er das Gewänd ab.

„Sehen Sie was, Herr Steinhauser?" fragte Fritz Grübel gespannt.

„Ich seh sie", murmelte der alte Förster. „Aber es sind nit zwei, wie ich angenommen hab, sondern gar drei. Ich fürcht, Bub, daß wir es mit harten Burschen zu tun bekommen."

Dann verriet der Förster dem Assistenten seinen Plan, und wenige Augenblicke später machten sie sich auf den Weg.

Christian und Natzl waren recht gut vorangekommen.

„Es ist ein blödes Wetter heut", raunte Christian seinem Kumpan zu. Der junge Mann zitterte vor Aufregung. „Wenn es bewölkt wär", fuhr er fort, „dann wär es mir schon lieber."

„Mußt dich halt alleweil ducken", murmelte der Auhuber-Natz. Er war ein Kerl von recht derber, gedrungener Gestalt. Das dunkle Haar hing ihm wirr in die Stirn. Sie schlichen vorwärts und merkten nicht, daß sie genau auf die Forstleute zugingen.

Adam unterdessen folgte seinem Bruder und dessen Kumpan. Die beiden schienen das nicht zu bemerken. Viel zu sehr waren sie vom Jagdfieber ergriffen, als daß sie sich auch nur ein einziges Mal umgeblickt hätten.

„So", sagte Christian raunend zum Natzl. „Jetzt wären wir da. Wir müssen halt abwarten, was sich tut."

Beide brachten sie ihre Stutzen in Anschlag. Sie ahnten nicht, daß die blitzenden Gewehrläufe ihren Standpunkt verrieten.

Steinhauser und sein Assistent hatten sich sehr nahe an die beiden herangearbeitet. Doch noch konnten sie nichts unternehmen. Man mußte abwarten, bis man sie sozusagen auf frischer Tat ertappte.

Und in diesem Augenblick tauchte wie silbrig

glänzend im Mondlicht ein bewundernswerter Gamsbock auf dem Felsvorsprung auf. Er stand wie gemalt.

Christian und Natzl hielten den Atem an. Ja, das war es! Darauf hatten sie die ganze Zeit über gelauert.

„Bist du soweit?" raunte Christian.

Natzl nickte verbissen und legte an.

Gleich darauf bellte der erste Schuß. Der Bock auf dem Felsvorsprung taumelte ein wenig. Dann richtete er sich auf und stieß einen röhrenden Schrei aus, bevor er in den Abgrund hinunterstürzte. In diesen Augenblicken verdunkelte eine Wolke das Mondlicht.

„Hände hoch!" rief eine scharfe Stimme.

Christian und Natzl zuckten zusammen. Dicht vor sich sahen sie die beiden Gestalten in den Lodenmänteln.

Da krachte ein Schuß. Eine der beiden Gestalten taumelte und fiel zu Boden.

Adam, der das alles mitbekommen hatte, preßte seine Faust zwischen die Zähne, um den Schrei zu unterdrücken, der ihm über die Lippen wollte.

Dann sah er, wie Christian und Natzl flohen. Geschickt wie die Gemsen hetzten sie durch das Gewänd.

Adam, der unfähig war, ebenfalls zu fliehen, kroch unsinnigerweise auf die Stelle zu, an der sich wenige Augenblicke vorher Natzl und der Bruder befunden hatte. Die Gewehre lagen auf dem Boden. Adam nahm eines von ihnen in die Hand. Er war so verwirrt und durcheinander, daß er die Augenblicke erst einmal sortieren mußte.

„Aufstehen, du Hundslump!" hörte er da eine scharfe Stimme sagen. Mechanisch erhob sich Adam.

Der Strahl einer Taschenlampe beleuchtete grell sein Gesicht. Adam schloß blinzelnd die Augen und hob dann die Hand vor das Gesicht, um sich vor dem grellen Licht zu schützen.

„Ich – ich hab damit nix zu tun!" stammelte er schließlich.

Widerstandslos und unfähig, sich zu wehren, ließ Adam sich von dem jungen Forstmann Grübel die Hände auf den Rücken binden.

„Ich hab nit geschossen", stammelte Adam.

„Halt's Maul", keuchte der junge Förster. „Wirst von Glück sagen können, wenn's den Steinhauser nit schlimm erwischt hat. Jetzt kommst mit mir ins Tal. Ich muß Hilfe holen."

Fritz Grübel packte die beiden Gewehre in den Leinensack, der daneben lag. Dann versorgte er den Förster, der verhalten vor sich hinstöhnte und nicht recht bei sich zu sein schien. Grübel bedeckte ihn mit seinem eigenen Lodenmantel.

Adam unterdessen stand wie gelähmt. Er

machte keine Anstalten zu fliehen. Er war sich auch gar nicht im klaren darüber, in welcher Situation er sich jetzt befand.

Fritz Grübel trieb Adam Moosauer talwärts. Noch in der Nacht wurde Adam zur Polizeibehörde gebracht. Alles in ihm war noch immer wie erstarrt.

„Wer waren die anderen beiden?“ wurde er gefragt. „Hopp, heraus mit der Sprach, Moosauer. Wir wollen es wissen.“

„Ich – ich weiß es doch nit“, stammelte Adam. Jetzt erst schien er zu erwachen. Alles kam ihm wie ein unendlich böser Traum vor. Wieder und wieder griff er sich an die Stirn.

„Was hast du denn zu dieser Stund im Bergwald zu suchen gehabt?“ fragten ihn die Beamten.

Adam vermochte nicht mehr als die Schultern zu zucken. Durfte er denn den Bruder jetzt ausliefern? Adam wußte ja nicht, wer geschossen hatte.

In derselben Nacht brachte man den Moosauer-Adam in das Untersuchungsgefängnis. Diese Nachricht sprach sich im Dorf sehr rasch herum und erreichte noch im Morgengrauen den Moosauerhof.

Magdalena hockte wie erstarrt in ihrem Nachthemd in der Küche. Dann weckte sie das ganze Haus auf.

„Man hat den Adam wegen Wilddieberei verhaftet. Er soll auf den Steinhauser geschossen haben."

Christian verzog spöttisch die Lippen.

„So, so, der Adam also."

Da fixierte die Zirngieblin ihren Jüngsten.

„Du warst wieder am Berg", flüsterte sie keuchend. „Ja, ich hab dir deine Unruh schon angemerkt, Bub."

„Mutter, was redest du denn für einen Schmarrn daher?" sagte Christian.

„O Bub, ich weiß es doch seit längerem", stammelte Magdalena Zirngiebl. „Schon oft hab ich dich nächtens beobachtet, wenn du aus dem Haus geschlichen bist. Auch heut bist du wieder gegangen. Christian, ich hab so schrecklich Angst. Christian, sag mir doch die Wahrheit."

Der junge Rieder überlegte ein paar Augenblicke.

Dann plötzlich hellte sich sein Gesicht auf. Er zog sich einen Stuhl herbei, hockte sich rittlings darauf und betrachtete seine Mutter.

„Mama", sagte er schließlich. „Jetzt hör mir einmal gut zu. Da hat uns der Zufall einen Trumpf in die Hände gespielt, wie's keinen zweiten nit gibt."

„Wie – wie meinst du denn das?" stammelte Magdalena Zirngiebl verständnislos.

„Hör zu, Mutter. Sie haben den Adam geschnappt. Er soll das Gewehr noch in der Hand gehalten haben. Bevor ich mit dem Natzl abgehauen bin, haben wir den Stutzen noch geschwind mit einem Taschentuch abgeputzt. Jetzt müssen die Fingerabdrücke vom Adam auf einem Gewehr sein. Niemand außer dem Adam weiß, daß wir auf dem Berg gewesen sind. Mama, du mußt sagen, daß ich die ganze Nacht in meinem Bett gewesen bin."

„Ich versteh nit", murmelte die Zirngieblin, die den teuflischen Plan ihres Jüngsten noch nicht durchschaute.

„Mama, begreifst du denn nit. Wenn sie den Adam verhaften und einsperren, dann sind wir ihn los. Wenn er eine solche Straftat begangen hat, dann hat er auch kein Recht mehr auf sein Erbe, verstehst du?"

„Ich – ich weiß nit, ob das ein Recht ist, Bub", flüsterte die Zirngieblin.

„Jetzt geh weiter, Mama", flehte Christian. „Oder willst du vielleicht hingehen und sagen, daß ich auf dem Berg war? Willst du denn, daß sie mich vielleicht einsperren? Der Natzl tät doch nie zugeben, daß er derjenige war, der geschossen hat. Er tät die Schuld auf mich abwälzen, und dann müßt ich unschuldig ins Gefängnis gehen. Mama, das kannst du doch nit wollen."

„Nein", ächzte sie, „das will ich auch nit, Bub.

Aber der Adam ist doch grad so mein Sohn wie du. Man kann ihn doch nit unschuldig im ..."

„Mama, du hast noch nie Skrupel gehabt, wenn's um den Adam gegangen ist. Du hast alleweil zu mir gehalten. Mama, du mußt auch jetzt zu mir halten, hörst du?"

Da heulte sie, und er ließ sie zunächst einmal gewähren. Er wußte, daß sie sich bald wieder beruhigt haben würde. Während sie vor sich hinheulte, streichelte er ihre Schultern. Er wußte, daß sie das mochte und daß ihm das sehr half, seinen Plan zu verwirklichen.

„Mama, gell, du sagst nix. Du machst es so, wie ich es mein?"

„Ach, Bub", flüsterte sie wieder. Man merkte ihrer Stimme ganz deutlich an, daß sie nun von heftigen Zweifeln geplagt wurde.

Schließlich aber siegte die Liebe zu ihrem Jüngsten, die man schon als eine wahre Affenliebe bezeichnen konnte. In düsteren Farben malte sie sich aus, wie es sein würde, wenn man den Christian einsperren sollte. Dann würde er auch nie den Hof bekommen.

Nein, das wollte sie nicht. Sie wollte nicht, daß man ihr den Christian nahm.

Daher nickte sie nach einer Weile.

„Ja, Bub", flüsterte sie. „Ja, es ist gut. Wir machen es so, wie du meinst."

*

Man hatte Adam Moosauer vor den Ermittlungsrichter gebracht. Dieser redete ihm eindringlich in das Gewissen.

„Herr Moosauer", sagte der Mann in Schwarz, „Sie helfen sich wenig, wenn Sie uns die wahren Tatsachen verschweigen, verstehen Sie? Wenn die Geschichte wirklich so sein sollte, wie Sie uns das erzählen, dann müssen Sie uns die Namen dieser beiden Männer schon nennen. Mit dem großen Unbekannten können wir nichts anfangen. Begreifen Sie doch endlich, in welch prekärer Situation Sie sind. Der Mann, auf den geschossen wurde, schwebt in Lebensgefahr. Bis jetzt ist es ein Mordversuch, den man Ihnen anlastet. Auch der Versuch kann so wie die vollendete Tat bestraft werden. Herr Moosauer, besinnen Sie sich."

Adam hatte den Kopf gesenkt und preßte seine Lippen fest aufeinander. Durfte er noch länger schweigen?

„Herr Moosauer, so lange diese Geschichte nicht endgültig abgeklärt ist, so lange müssen wir Sie in Haft behalten."

„Sie glauben mir nit", sagte Adam. Dies waren die ersten Worte seit längerer Zeit.

„Ich kann Ihnen gar nicht glauben", erklärte

der Ermittlungsrichter. „Ich halte das, was Sie mir erzählen, für ein Märchen."

„Es ist kein Märchen", sagte Adam. „Ich bin diesen beiden Männern gefolgt, bis zu der Stelle, an der die Schüsse fielen. Ich war ja so durcheinander, daß ich überhaupt nit gewußt hab, was ich tun soll. Denn damit, daß einer von den beiden schießt, hätt ich nit gerechnet."

„Jetzt gehn Sie weiter, Herr Moosauer. Wer waren die beiden Männer?"

Gequält schloß Adam seine Augen. Nun ahnte er, daß er nicht länger schweigen durfte. Man würde ihn einsperren. Vielleicht sogar vor Gericht stellen und ihn dann verurteilen. Ihn, der an allem überhaupt keine Schuld trug. Dagegen wehrte sich Adam. Er wollte nicht unschuldig ins Gefängnis kommen.

„Also gut", sagte er. „Der eine der beiden heißt Ignaz Auhuber. Er wohnt in Steinbach."

„Und der andere?"

Jetzt zögerte Adam.

„Wer war der andere?" bohrte der Ermittlungsrichter.

„Der andere war mein Stiefbruder Christian Rieder."

„Ach!" rief der Ermittlungsrichter überrascht aus. „Ihr Stiefbruder also. Gut, ich verstehe, daß Sie gezögert haben. Gegen Ihren Stiefbruder brauchen Sie nicht auszusagen, wenn Sie nicht wollen. Wir werden diese ganze Angelegenheit überprüfen. Sollte sich herausstellen, daß Ihre Angaben auf Wahrheit beruhen, dann sind Sie bald wieder frei, Herr Moosauer. Ich jedenfalls wünsche Ihnen Glück."

So kam es, daß auf dem Moosauerhof Kriminalbeamte auftauchten. Christian hatte seine Mutter auf diesen Besuch gut vorbereitet.

Sie bat die Herren in die gute Stube. Magdalena gelang es, ihre Nervosität geschickt zu verbergen.

„Was kann ich für Sie tun?" fragte sie. Diesen Satz hatte ihr Christian eingebleut.

„Wir hätten gerne Ihren Sohn Christian Rieder gesprochen."

„Der ist oben. Den müßt ich erst holen", sagte Magdalena. „Aber was wollen Sie denn von ihm? Er kann Ihnen doch gar nix sagen über den Adam."

„Das überlassen Sie nur uns", meinte der Kriminalbeamte. „Gehen Sie bitte hinauf und holen Sie Ihren Sohn Christian Rieder."

Seufzend erhob sich Magdalena und ging hinauf in den Oberstock. Christian hatte unterdessen an der Ofenklappe gelauscht und jedes Wort verstanden, das drunten in der Stube gesprochen worden war.

„Sie sind da, Bub", stammelte Magdalena Zirngiebl.

„Ich hab's bereits gehört, Mutter. Jetzt heißt's, ruhig Blut zu bewahren. Du wirst sehen, es geht alles gut. Wenn sie dich fragen, ob du das bestätigen kannst, was ich ihnen sag, dann weißt du genau, was du zu antworten hast, nicht wahr, Mama?"

Sie schluckte noch ein paarmal und nickte. Nun wußte sie, daß ihre Aussage den Adam für einige Jahre in das Gefängnis bringen konnte. Es sah noch einmal so aus, als würde der Mutterinstinkt ihr diese Lüge verbieten. Dann aber blickte Christian flehend in ihr Gesicht. „Mama, hörst du, du mußt es ihnen so sagen, wie wir es abgesprochen haben."

Sie nickte. Dann raffte sie ihre Röcke und ging ihm voran.

„Grüß Gott", sagte Christian, als er die Stube betrat. Er wirkte sehr selbstsicher in seinem Auftreten.

„Grüß Gott. Sie sind also Herr Rieder?"

Christian nickte.

„Ja, ich bin Christian Rieder", erklärte er. „Worum geht es?"

„Herr Rieder, wir möchten Ihnen gern ein paar Fragen stellen."

„Ist das etwa ein Verhör?"

„Es ist ein Verhör. Frau Zirngiebl, bitte verlassen Sie doch einen Augenblick den Raum."

„Aber ich ..."

„Mama, geh hinaus“, sagte Christian und warf ihr einen zwingenden Blick zu. Da verließ sie die Stube. Aber man sah ihrem Gesicht nun Furcht an.

„Herr Rieder, wo waren Sie in der Nacht vom siebzehnten auf den achtzehnten Juni?“

„Ja, wo war ich wohl?“ fragte Christian vollkommen ruhig. „Hier auf dem Hof. Wo ist man denn in der Nacht schon? Man ist in seinem Bett, oder nicht? Das ist doch ganz natürlich, meinen Sie nicht auch?“

„Bei manchen Leuten ist das eben nicht natürlich. Sie waren in der Nacht vom siebzehnten auf den achtzehnten mit Ignaz Auhuber unterwegs.“

„Ich? Wie kommen Sie denn darauf?“

„Wir haben eine Aussage vorliegen.“

„Ach? Eine Aussage?“

„Ja, genau.“

„Ich kann mir vorstellen, von wem diese Aussage stammt!“ stieß Christian hervor. „Sie kann nur von meinem Stiefbruder Adam Moosauer kommen, nicht wahr? Seit ewigen Zeiten streitet er mit mir. Er tät's gern sehen, wenn ich vom Hof ginge. Wissen Sie, dazu ist ihm nämlich jedes Mittel recht. Das weiß ein jedes, und meine Mutter wird es Ihnen gern bestätigen.“

Die Kriminalbeamten warfen sich einen Blick zu.

Bei ihren vorherigen Ermittlungen und Befragungen des Auhuber-Natz war nämlich herausgekommen, daß auch der Auhuber-Natz nicht auf dem Berg gewesen sein wollte. Die Kellnerin des Dorfwirtshauses hatte Natzls Angaben bestätigt und behauptet, daß der Natz die ganze Nacht über bei ihr in der Kammer gewesen war. Dies mußten die Kriminalbeamten wohl oder übel glauben. Es war ein Alibi, obgleich es natürlich auch ein falsches Alibi hätte sein können.

„Wer kann denn bestätigen, daß Sie die ganze Nacht auf dem Hof gewesen sind?"

„Meine Mutter und mein Stiefvater, der Herr Zirngiebl."

„Ach? Ist der Herr Zirngiebl zu sprechen?"

„Er ist geschäftlich unterwegs. Aber Sie können ihn ja vorladen. Meine Mutter jedenfalls kann Ihnen meine Angaben gleich bestätigen."

Einer der Beamten ging zur Tür und öffnete sie.

„Frau Zirngiebl", bat er, „kommen Sie doch bitte einen Augenblick herein."

Magdalena betrat die Stube. Ihr Gesicht wirkte nun sehr blaß und durchscheinend. Sie warf ihrem Sohn einen flehenden Blick zu. Doch Christian lächelte ungerührt.

„Frau Zirngiebl, wo ist Ihr Sohn in der Nacht vom siebzehnten auf den achtzehnten Juni gewesen?"

„Daheim“, kam es wie aus der Pistole geschossen über Magdalenas Lippen. „Er war den ganzen Abend über und die ganze Nacht daheim.“

„Woher wollen Sie denn das so genau wissen?“

„Das weiß ich deshalb so genau“, sagte Magdalena, „weil ich in dieser Nacht schlecht hab schlafen können. Ich bin ein paarmal aufgewacht und zum Christian hinauf in die Kammer gegangen. Ich hab ihn gebeten, daß er mir einen Tee macht. Wir sind ja noch bei der Nacht drunten in der Stube gesessen und haben geplaudert.“

„Ach, so ist das.“

„Ja, genau so ist das“, sagte Magdalena. „Aus dem Haus war der Bub jedenfalls nit. Mein Mann kann Ihnen das auch bestätigen.“

„Und wo ist Ihr ältester Sohn Adam gewesen?“

„Das weiß ich nit“, erklärte Magdalena. „Der war jedenfalls nit in seinem Bett. Weil ich auch in seiner Kammer nachgeschaut hab.“

Wieder blickten die Beamten einander an. Das, was die Zirngieblin ihnen sagte, klang sehr glatt. Fast zu glatt.

„Ist das die Wahrheit, Frau Zirngiebl? Sie müssen damit rechnen, vor Gericht vielleicht vereidigt zu werden. Wissen Sie, was es bedeutet, einen Meineid zu schwören?“

Magdalena lief rot an.

„Ich weiß gar nit, was Sie wollen", stammelte sie. „Ich hab Ihnen das gesagt, was ich weiß. Mehr kann ich Ihnen nit sagen."

„Nun ja, es ist gut. Sie werden wohl noch vorgeladen werden, damit Sie das Protokoll unterschreiben. Bis dorthin haben Sie ja noch Zeit, über Ihre Aussage nachzudenken."

Dann verabschiedeten sich die Beamten.

„Siehst, Mutter", sagte Christian, „so leicht ist das gewesen."

„Für mich war es nit leicht", stammelte sie. „Ich darf gar nit dran denken, was jetzt aus dem Adam wird. Naa, naa, Bub, richtig schlecht ist mir, wenn ich bloß dran denk."

Früher hatte Magdalena das Gewissen eigentlich nie so geplagt, doch jetzt merkte sie ganz deutlich, daß sie wohl einen schweren Fehler begangen hatte.

Christian setzte sich auf einen Stuhl. Er lächelte still vor sich hin. Wieder einmal war es ihm gelungen, einen Sieg zu erringen.

★

„Ja, Herr Moosauer, was haben Sie uns denn da erzählt?" sagte der Ermittlungsrichter zu Adam. „Ihr Bruder hat in der besagten Nacht das Haus überhaupt nicht verlassen. Dies ist von Ihrer Mutter bestätigt worden."

Adam riß seine Augen weit und ungläubig auf.

„Aber ... aber ich habe Ihnen die Wahrheit gesagt, Herr Richter", stammelte Adam. „Was ist denn mit dem Natzl? Er ist doch gewiß auf dem Berg gewesen. Ich weiß es doch. Ich hab sie doch beide gesehen."

„Der Ignaz Auhuber ist die ganze Nacht bei Fanni Müller gewesen. Fanni Müller ist Kellnerin im Gasthaus ‚Zum roten Ochsen'."

Aufstöhnend schloß Adam seine Augen. Welchen Strick wollte man ihm drehen?

„Mein Gott", flüsterte er. „Ich kann doch nur das aussagen, was ich weiß, Herr Richter. Außerdem frag ich Sie, was ich denn mit zwei Stutzen tun sollt?" Der Ermittlungsrichter zuckte die Schultern.

„Das weiß ich nit, Herr Moosauer. Diese Frage könnten wohl nur Sie beantworten. Aber das, was Sie uns bisher erzählt haben, ist soviel ungereimtes Zeug. Nein, nein, Herr Moosauer, die Indizien sprechen ganz einfach gegen Sie."

„Also, werd ich nit entlassen?" stammelte Adam.

„Es tut mir leid. Unter den vorgegebenen Umständen ist das wohl ganz und gar unmöglich. Wenn die Ermittlungen vollständig abgeschlossen sind, geht die Akte zur Staatsanwaltschaft, und die wird dann wohl oder übel Anklage wegen versuchten Mordes gegen Sie erheben müssen."

Adam wurde wieder zurückgeführt in seine Zelle. In ihm war alles wie abgestorben. Just eine halbe Stunde befand er sich in dem tristen Raum, als ihm Besuch gemeldet wurde. Man führte ihn wieder über die Gänge. Hohl klangen die Schritte. In Adams Ohren entwickelten sie sich zu einem Dröhnen.

Und dann sah er Thea. Ihr Gesicht war bleich und verweint.

„O Adam", flüsterte sie. „Adam, warum hat's denn soweit kommen müssen? Warum bist du denn bloß auf den Berg gegangen?"

„Thea", krächzte Adam heraus. „Thea, du mußt unbedingt zur Polizei gehen und dort alles sagen, was du weißt. Vielleicht kann deine Aussage mir helfen. Christian, die Mutter und der Natzl haben sich gegen mich gestellt. Es ist ihnen wohl lieb und recht, wenn ich aus dem Verkehr gezogen werde."

„Sieht es denn wirklich so schlimm aus?" fragte Thea.

„Ja, Thea, leider. Ich hab überhaupt keine Möglichkeit, mich zu wehren. Ich hab dir ja gesagt, daß der Christian noch einmal großes Unglück über uns alle bringen wird."

Sie versuchte, ihn zu trösten und aufzurichten. Doch dies wollte ihr einfach nicht so recht gelingen. Viel zu tief saßen Furcht und Verbitterung in ihr. Dann war die Besuchszeit vorbei, und er wollte von ihr Abschied nehmen. Als er sie ein wengl drücken wollte, wurde ihm das von einem Wachbeamten verwehrt.

„Glaub mir, ich werd alles für dich tun, was ich nur tun kann", versprach sie. „Ich werd zu dir halten, Adam, auch wenn die ganze Welt gegen dich ist."

Das Wissen darum, daß ihn Thea nicht verlassen würde, vermochte Adam jedoch nur schwach zu trösten. Seine Zukunft sah nun sehr düster aus.

Christian tat, als sei überhaupt nichts geschehen. Selbst die Schande, die man nun in Steinbach zu ertragen hatte, wischte Christian einfach weg. Er, so behauptete er, sei ja immerhin kein Moosauer, sondern ein Rieder, und er habe mit den dunklen Machenschaften seines Stiefbruders absolut nichts zu tun.

Thea kam nach wie vor auf den Moosauerhof. Magdalena war traurig und wirkte bedrückt.

Thea unterhielt sich mit der Bäuerin über die Dinge, die ihr Adam seinerzeit gesagt hatte. Doch Magdalena wies dies alles mit herben, ja beinahe barschen Worten von sich.

„Der Adam ist schon alleweil auf den Christian neidisch gewesen", sagte sie. „Nix, aber auch gar nix, hat er ihm gegönnt.

„Ich mein, daß es eher umgekehrt war, Zirngieblin", erklärte Thea mit fester Stimme.

„Was weißt du denn schon über unsere Familienverhältnisse?" fragte Magdalena aufbrausend. „Du hast dich da überhaupt nit hineinzuhängen, merk dir das! Wenn das so weitergeht, dann muß ich dir die Tür weisen, wir wollen nämlich unseren Frieden haben. Jetzt ist der Adam fort, und sie werden schon gewußt haben, warum sie ihn einsperren tun."

„Sie haben ihn eingesperrt, weil deine Aussage falsch gewesen ist, Magdalena Zirngiebl!" stieß Thea heftig hervor.

„Du, mit deiner Äußerung tät ich fei ein bissel vorsichtig sein!" schrie Magdalena das junge Mädel an. „Du bist nix und hast nix. Wenn du mich falsch anschuldigst, dann könnt es gar leicht passieren, daß du dem Adam drunten im Häfen Gesellschaft leisten kannst."

„Oh, wie bist du nur bös und verlogen", sagte Thea. „Du schreckst nit einmal davor zurück, deinen eigenen Sohn ins Gefängnis zu bringen, nur um den wahren Schuldigen zu schützen."

„Außer!" kreischte Magdalena. „Schau, daß du gehst, und laß dich bei uns auf dem Hof nimmer blicken."

„Aber, Mama, reg dich doch nit so auf!" Christian war mitten in dieses Streitgespräch hineingeplatzt.

„Wenn es doch wahr ist", keifte Magdalena. „Sie wirft mir vor, daß ich die Unwahrheit gesagt hätt."

„Geh weiter, Mama", sagte Christian. „Die Thea ist halt jetzt ein bissel aufgeregt. Du weißt doch, Mama, daß wir alles tun, um Adams Unschuld zu beweisen, nicht wahr?"

Thea riß ihre Augen auf. Sie wagte nicht zu glauben, daß Christian seinem Bruder helfen wollte.

„Ich möcht mich einmal mit dir unterhalten, Thea", sagte Christian da auch schon. „Mutter, tätest einmal aus der Stube hinausgehen?"

„Also, jetzt langst fei", beschwerte Magdalena sich. „Hinausschmeißen laß ich mich noch lang nit."

„Aber, Mama", schmeichelte Christian, „das hat doch mit einem Hinausschmeißen gar nix zu tun. Ich möcht bloß nit, daß du dich wieder aufregst, denn ich hab der Thea nämlich etwas Wichtiges zu sagen."

„Na ja, gut", maulte Magdalena Zirngiebl. „Sollst deinen Willen haben, Bub."

Thea straffte ihre Gestalt. Sie blickte Christian Rieder fast herausfordernd an.

„Also", fragte sie, „was hast du mir sagen wollen, Christian?"

„Hat dir der Adam auch erzählt, daß ich wildern tät?" fragte Christian.

„Ja", sagte Thea, „das hat er mir erzählt. Der Adam hat keinen Grund zu lügen."

„Ach naa? Hat er den wirklich nit?" fragte Christian, wobei er bemüht war, seine Stimme klagend erklingen zu lassen. „Weißt, der Adam ist ja der Erstgeborene, und er hat ein Recht auf den Hof. Das vergönn ich ihm ja. Aber er probiert ja auch, mich hinauszudrängen, so daß ich nit einmal meinen Auszahlteil bekommen kann."

„Hat das der Adam zu dir gesagt?" fragte Thea fassungslos.

„Freilich", beklagte sich Christian von neuem. „Keinen Groschen sollt ich bekommen, wenn es nach dem Adam gegangen wär. Da hat er halt die Geschicht von der Wilddieberei erfunden."

„Erfunden?" ächzte Thea.

„Ja, er hat's erfunden, und du mußt mir das glauben. Oder hast du mich vielleicht beobachtet, wie ich auf den Berg gegangen bin? Ich schwöre dir Thea, ich war niemals auf dem Berg und hab gewildert." Dann ging Christian Rieder ganz nahe mit seinem Gesicht an Thea heran. „Aber der Adam ist regelmäßig hinaufgegangen", sagte er geheimnisvoll. „Ich bin ihm ein paarmal hinterhergestiegen. Verleugnet hat er's halt. Weil man eine solche Leidenschaft nit aus dem Blut herausbringt. Schau, nit einmal du hast es gemerkt, daß der Adam ein Mensch mit zwei Gesichtern ist."

Thea hatte den Eindruck, als habe man ihr mitten in das Gesicht geschlagen. Sie taumelte sogar ein wenig.

„Aber – aber er hat mir doch gesagt, daß er dir und dem Natzl in dieser Nacht hinterhersteigen wollt."

„Das hat nit gestimmt", erklärte Christian. „Ich bin mit der Mutter in der Stube gesessen, als der Adam das Haus verlassen hat. Durch die Hintertür ist er hinausgeschlichen. Mit den Stutzen auf dem Buckel. Du, Thea, da hab ich schon Schlimmes geahnt. Aber ich hab es ja nit verhindern können. Was hätte ich denn tun sollen?"

„Das kann ich einfach nit glauben", stammelte Thea. „Nein, ich kann es nit glauben, weil er mir was ganz anderes erzählt hat."

„Das hat er ja wohl auch tun müssen, Thea, begreif das doch! Was hättest du denn getan, wenn er dir gegenüber zugegeben hätte, daß er ein Wilderer ist?"

„Ich – ich weiß nit", stammelte Thea.

„Du hättest ihm vielleicht nimmer gut sein können."

„Das wär möglich", flüsterte Thea.

„Na, siehst du. Also hat der Adam einen

Grund gehabt, seine Leidenschaft vor dir zu verheimlichen. Jetzt ist ihm seine Leidenschaft zum Verhängnis geworden."

„Du hast vorhin gesagt, daß du alles tust, um seine Unschuld zu beweisen. Ja, ist er denn unschuldig?"

„Das – das weiß ich nit", sagte Christian hastig. „Es mag ja sein, daß sich der Schuß von allein gelöst hat. Vielleicht kann der Adam gar nix dafür."

„Aber wie willst denn du das beweisen?" fragte Thea.

„Ich weiß es nit. Ach Gott, Thea, ich bin ja so verzweifelt."

Er verbarg sein Gesicht in den Händen und tat so, als müßte er hart und heftig aufschluchzen. Ja, er war der geborene Schauspieler. Dieses Spiel, bei anderen Mitleid zu erregen, beherrschte er schon von der frühesten Jugend an. Er spielte mit den Menschen, und Magdalena hatte seinerzeit nichts unternommen, diesem verhängnisvollen Spiel Einhalt zu gebieten. Jetzt zeigten sich die teuflischen Früchte.

In Thea war plötzlich Mitleid. Sie wußte nicht, woher es kam, daß sie plötzlich Zorn auf Adam empfand. Hatte er sie denn wirklich so gemein belogen. Was ging hier alles vor?

Christian stand auf und machte ein ganz trauriges Gesicht.

„Ich seh schon", flüsterte er klagend, „du glaubst mir nit, Thea. Alleweil soll ich der Böse gewesen sein. Ich hab doch dem Adam nie ein Leid zugefügt. Freilich war ich der Jüngere, und ich geb ja zu, daß mich die Mutter alleweil ein bissel verhätschelt hat. Aber das ist doch vielleicht in allen Familien so und gar nix Besonderes. Der Adam war mir derethalben alleweil neidisch und hat mir nix vergönnt. Wo immer es ihm möglich gewesen ist, hat er mich gedrückt, und ich hab manchmal ganz arg weinen müssen, als ich noch ein kleiner Bub war."

All diese Worte fielen in der einfachen und naiven Thea, wie es schien, auf fruchtbaren Boden. Sie begann damit, sich ein ganz anderes Bild von den Geschehnissen zu formen. Das, was ihr Christian erzählte, nahm in Theas Gedanken Gestalt an. Fehlende Lücken schloß sie mit ihrer eigenen Fantasie.

Zum Schluß entstand tatsächlich ein Bild, das den Adam als Wilderer und Mörder zeigte. Doch auf der anderen Seite bestand Theas Liebe zu Adam. Jedoch begann daran vieles abzubröckeln. Ja, Adams Bild schien allmählich in Thea zu verblassen.

„So, Mutter, jetzt kannst du wieder hereinkommen", sagte Christian, nachdem er die Tür geöffnet hatte. „Die Thea hat schon eingesehen, daß sie dich zu unrecht beschuldigt hat, indem ich ihr alles erklärt habe, gell, Thea?"

Thea nickte, und in ihren Augen standen Tränen.

„Verzeih mir, Zirngieblin", murmelte sie. „Ich hab ja nit wissen können, wie die Dinge wirklich sind."

„Es ist schon gut", sagte Magdalena. Sie fing von ihrem Sohn einen triumphierenden Blick auf. „Ein jedes von uns hat einmal schlimme Nerven. Daß dich die Geschicht mit dem Adam belastet, das kann ich mir denken."

„Du darfst aber alleweil zu uns kommen, Thea", sagte Christian. „Es hat mit dem Adam doch nix zu tun. Unsere Tür ist für dich alleweil offen, weil es uns allen so leid tut, daß du dich so arg geirrt hast."

Sie bedankte sich schluchzend und ging. In ihr waren nun nur noch Zweifel ...

★

Ein halbes Jahr später kam es vor dem Schwurgericht in Innsbruck zu einer Verhandlung. Dort wurde Adam Moosauer für schuldig befunden, auf den Förster Steinhauser einen Mordanschlag begangen zu haben. Adam Moosauer wurde zu einer Freiheitsstrafe von vier Jahren verurteilt.

Schluchzend brach der Angeklagte zusammen, als man das Urteil verlas. Christian Rieder, der als Zeuge geladen war, hatte ein dünnes Lächeln auf den Lippen. Aber um Magdalena Zirngiebl war es schlechter bestellt. Mit schreckgeweiteten Augen hatte sie den Spruch des Gerichtes vernommen. Dann brach sie in lautes Schluchzen aus.

„Mama!" zischte ihr Christian zu. „Mama, sei doch leis."

Doch es sah so aus, als würde sich die Zirngieblin überhaupt nicht mehr beruhigen können. Heftiges Schluchzen rüttelte ihre Schultern. Wußte sie doch, daß ihr ältester Sohn Adam an allem nicht schuld war. Wußte sie doch, daß sie selbst wesentlich dazu beigetragen hatte, den Sohn ins Gefängnis bringen zu lassen.

Auch Thea war bei dieser Verhandlung zugegen. In der Zwischenzeit jedoch hatte Christian es verstanden, Thea von ihrem Weg abzubringen. Noch zweimal hatte sie Adam in der Untersuchungshaft besucht und ihm von den Dingen berichtet, die ihr Christian erzählt hatte.

Adam mußte das selbstverständlich alles als eine Lüge zurückweisen. Doch gelang es ihm nicht mehr, Thea von seiner Unschuld zu überzeugen. Christian hatte ja Zeit genug, auf das arglose Mädchen einzureden und die Zweifel in ihr auf das Höchste wachsen zu lassen.

Nach der Urteilsverkündung stand Thea auf. Sie trat auf Adam zu.

„Thea", flüsterte Adam hilflos, „du mußt doch wissen, daß ich es nicht getan habe. Thea, hilf mir doch. Bitte, hilf mir, Thea!"

„Es tut mir leid, Adam", flüsterte Thea Lindner mit fast stählern klingender Stimme, „du hast gehört, was das Gericht gesagt hat. Ich kann jetzt nix mehr für dich tun."

Da schloß Adam Moosauer seine Augen.

„Alles hat er mir genommen", flüsterte er. „Alles – aber auch alles! Eines Tages werd ich wieder frei sein, und dann gnade ihm Gott. Denn dann werd ich mich rächen. Er wird mir büßen, was er mir angetan hat!"

Christian Rieder ging eben zur Tür. Dort drehte er sich noch einmal um und blickte in die Augen des Bruders. Scharf wie Schwertklingen waren die Blicke, die nun einander kreuzten. Es waren nur einige Sekunden, aber sie genügten, um allen Haß dieser Welt auszudrücken.

Magdalena war vollkommen geknickt, als sie zusammen mit ihrem Sohn auf den Moosauerhof zurückkehrte. Zunächst einmal hockte sie sich in die Stube und heulte wie ein kleines Kind.

„Jetzt geh weiter, Mama, grein dich nit umeinander", sagte Christian. „Der Adam ist ein starker Charakter, und wenn er Glück hat, dann lassen sie ihn auch eher heraus."

„Ach, Bub", flüsterte Magdalena, „ich weiß ganz einfach nimmer, wie ich mit meinem Gewissen fertig werden soll. Denn das, was wir getan haben, war ein Unrecht. Mög uns der Himmel vor Strafe bewahren."

„Hör mir mit dem Himmel auf!" rief Christian nun aufgebracht. „Der Himmel hat uns noch nie geholfen, wenn es irgendwo darauf angekommen ist."

Sie blieb still. In ihr arbeitete das schlechte Gewissen. Nachts konnte sie kaum schlafen. Bei Tage schlich sie geistesabwesend durch das Haus.

Christian hingegen schien dies alles überhaupt nicht zu berühren. Er bedrängte nun immer mehr seine Mutter, ihm den Hof zu überschreiben. Doch davor fürchtete sich die Zirngieblin sonderbarerweise.

„Bub", sagte sie, „ich bin noch nit so alt, um zu übergeben."

„Herrgottsnaa, Mama, das sind doch nur Ausreden", sagte er. „So was kommt schnell. Von heut auf morgen kann etwas eintreten. Wenn du mir den Hof nit überschreibst, hernach kriegt ihn der Adam, wenn kein Testament da ist."

„Was soll ich denn in ein Testament hineinschreiben?" flüsterte Magdalena geistesabwesend.

„Du brauchst bloß mit mir zu einem Notar zu gehen. Das, was hineinzusetzen ist, werd ich dem Notar schon sagen. Du brauchst es dann nur zu unterschreiben."

Zwar zögerte die Zirngieblin. Doch ihr Liebling Christian predigte alle Tage ein paarmal auf die Bäuerin ein, so daß sie sich schließlich bereit erklärte, gemeinsam mit ihrem Sohn zu einem Notar in die Stadt zu fahren.

Dort wurde der Übergabevertrag ausgehandelt. Christian ließ einsetzen, daß die Zirngieblin ihren Sohn Adam Moosauer wegen seiner begangenen Straftat enterbte. Dies war nach dem Gesetz vollkommen legal, und somit wurde Christian Rieder alleiniger Besitzer des Moosauerhofes.

Auch hier fühlte Magdalena, daß sie sich wieder hatte überreden lassen. Im Grunde ihres Herzens wollte sie ja, daß alles gerecht zuging. Jetzt, da sie allein gelassen und oftmals verzweifelt in der Stube saß, erkannte sie ihre großen Fehler. Sie fühlte, daß sie viel zuviel falsch gemacht hatte. Aber es gab nun einmal keinen Weg zurück. Die Tür war zugeschlagen, und sie – die jetzige Austragsbäuerin vom Moosauerhof – mußte mit ihrem schlechten Gewissen leben und leiden.

Christian machte sich ein feines Leben. Die Felder wurden zum großen Teil verpachtet.

Christian stellte eine Rechnung auf, die eigentlich nicht gutgehen konnte.

Nach wie vor kam Thea auf den Hof. Christian umwarb das Mädel, das sehr bedrückt wirkte. Theas Herz hing ja noch an Adam. Doch wagte sie es nicht mehr, an ihn zu glauben. Das, was sie alles vor Gericht erlebt hatte, war ja viel zu schwerwiegend gewesen. Sie war der Meinung, daß sich so viele Leute nicht irren konnten. Außerdem hatte es Christian mit seiner Überredungskunst verstanden, Thea restlos von Adams Schuld zu überzeugen.

Adam war bereits ein Jahr weg, als wieder ein Sommer in das Land zog. Es war ein Sommer, der so selten schön war, wie kaum vorher. Die Ernte versprach sehr gut zu werden.

Christian ging mit Thea durch den Obstgarten. Er hatte ihr schon oft kleine und größere Geschenke gemacht und versucht, dadurch ihre Gunst zuerringen. Doch Thea hatte halt alleweil gezweifelt, denn ihr war klargeworden, daß Christian doch einen sehr leichtsinnigen Charakter besaß.

An diesem Tage, der so schön war, wie aus einem Bilderbuch, wagte Christian Rieder den Vorstoß.

„Thea“, sagte er zu ihr, „ich habe dir schon lang etwas sagen wollen.“

Mit seinen blauen Augen blickte er sie verliebt und unschuldsvoll an. Sie sah zu ihm auf.

„Ja, Christian, was hast du mir denn sagen wollen?"

„Ich – ich hab dir sagen wollen", begann er zu stammeln „daß ich dich sehr lieb hab, Thea. Ich wüßt nit, wie mein Leben ohne dich weitergehen sollte. Thea, ich brauch dich!"

Da senkte sie den Kopf. Die rechte Liebe zu Christian war nicht in ihr. Aber irgendwie bewunderte sie ihn, und sie konnte sich dieses Gefühl nicht erklären.

„Ach, weißt du, Christian", sagte sie, „du bist schon ein Bruder Leichtfuß, das muß ich dir sagen, und von der Arbeit willst du auch nit allzuviel wissen, und ich ..."

Da griff er sie an den Schultern.

„Thea, das wär alles anders, wenn du nur mein wärst", flüsterte er. Ja, er redete direkt beschwörend auf sie ein. „Ich brauche dich Thea. Denn du mußt mir helfen, daß ich anders werde. Nur mit dir kann ich es schaffen. Thea, Thea, bitte, laß mich nit allein. Ich flehe dich an. Thea, ich hab dich doch so lieb!"

So kam es, daß sie seinen Worten glaubte und ihm vertraute. Als er sie zum ersten Male küßte, zitterte sie in seinen Armen wie ein gefangener Vogel. Ihr Herz rief nach Adam. Aber Adam war ihrem Inneren so weit entfernt, wie nicht einmal ein fremder Mensch. Jetzt war

Christian da, und es sah so aus, als würde er ihr alle Liebe dieser Welt schenken und sie auf seinen Armen tragen wollen. Thea begann Christian zu glauben und zu vertrauen. Als er sie fragte, ob sie seine Frau werden wollte, sagte sie ohne zu zögern ja.

Adam Moosauer erfuhr in der Haft davon, daß das geliebte Mädchen die Frau des verhaßten Bruders geworden war. Dies schürte seinen Zorn. Es war eben dieser Zorn, der Adam Moosauer aufrecht hielt, der ihm half, sein hartes Los zu ertragen. In seiner Brust brauten sich die finstersten Rachepläne zusammen, die man sich nur vorstellen konnte. Und daheim, auf dem Moosauerhof, sah es ganz so aus, als würde Magdalena Zirngiebl diese düsteren Wolken und die damit verbundenen schrecklichen Ereignisse vorausahnen.

★

Bereits im ersten Jahr ihrer Ehe mußte Thea feststellen, daß Christian seine Versprechungen leider nicht einhielt. Zwar half er anfänglich mit, den Hof zu bewirtschaften und zeigte hierbei auch einen guten Willen. Dann aber gab er sich wieder mit Hannes Zirngiebl ab. Mit ihm war er viel unterwegs, und es hieß, die beiden würden Geschäfte miteinander tätigen. Welcher Natur diese Geschäfte waren, erfuhr Thea nicht. Sie verrichtete ihre Arbeit im Haus und auf den Feldern. Magdalena half ihr dabei, so gut es ging.

Magdalena Zirngiebl begann, sich mehr und mehr zu verändern. Sie wurde eine sehr stille und in sich gekehrte Frau, die oftmals am Fenster saß und stundenlang über das Land blickte, so, als läge darin die Wahrheit des Lebens verborgen.

„Christian", sagte Thea im Sommer des Jahres darauf zu ihrem Mann, „so geht es doch nimmer weiter."

„Was meinst du damit, Thea?" fragte Christian. Er blieb seiner Frau gegenüber stets aufmerksam, höflich und freundlich. Ja, man konnte sagen, daß er Thea verwöhnte.

„Ich mein, daß du etwas mehr mitarbeiten solltest", sagte Thea. „Ich komm mit der Wirtschaft nit zurecht, wenn du alleweil das Geld aus dem Kastl herausnimmst, das ich hinein leg. Es sind doch Rechnungen zu zahlen und außerdem ..."

„Thea", unterbrach er sie, „red nit von Dingen, von denen du nix verstehst. Die Geldwirtschaft ist eine Männersach. Es ist die ganze Zeit über gutgegangen, und du hast keinen Grund zum Klagen gehabt. Oder hast du einen Grund?"

Sie senkte den Kopf.

Sie wußte nicht recht, wie sie sich ausdrücken sollte. Jedenfalls hatte sie sich von ihrer Ehe mit Christian Rieder mehr erhofft, als nun tatsächlich eingetroffen war. Aber Thea sagte sich, daß es im Leben vielleicht immer so war. Vielleicht endete alles in einer gewissen Mittelmäßigkeit. Vielleicht gab es den siebenten Himmel auf Erden überhaupt nicht. Thea war sehr fügsam und geduldig.

„Thea, ich hab dich etwas gefragt. Ich habe dich gefragt, ob du einen Grund gehabt hast, dich zu beklagen."

„Ach Christian", sagte sie.

„Thea, das ist keine Antwort."

„Ich – ich habe es mir halt ganz anders vorgestellt", platzte sie nun heraus. „Alles bleibt an mir hängen. Ich darf alles allein machen. Wenn mir die Nachbarn nit helfen würden, käm ich mit den Feldern überhaupt nit rund. Du siehst doch selber, daß ich von früh bis auf d' Nacht auf den Beinen bin."

Da senkte er den Kopf.

„Ich bin nit ganz gesund, Thea", wich er aus. „Der Doktor hat gemeint, daß ich mich nit so sehr anstrengen soll."

„Nit ganz gesund?" fragte Thea. „Ja, was fehlt dir denn, Christian?"

Nun verstand er es wieder, ihr ganz und gar geschickt auszuweichen. Er brachte sie wieder einmal so weit, daß sie ihm bedingungslos Glauben schenkte. Von diesem Tag an lief ihr Leben in noch eintönigeren Bahnen als vorher. Doch Thea gewöhnte sich daran.

So flogen die Jahre dahin. Thea hatte sich anfangs immer ein Kindl gewünscht. Aber es kam keines. Letztlich war Thea doch froh darüber. Sie wußte die Gründe jedoch nicht zu benennen. Es war ihr einfach lieb, denn sie hätte wohl kaum Zeit gehabt, sich um ein Kind zu kümmern.

Die Zirngieblin war nun das geworden, was man als wunderlich bezeichnete. Bisweilen hockte sie auf der Ofenbank und brach, ohne ersichtlichen Grund, in lautes und girrendes Lachen aus. Wenn man sie daraufhin ansprach, begann sie zu heulen. Eine Erklärung für ihr merkwürdiges Verhalten ließ sich nicht finden. Es gab dazwischen wieder Tage, an denen sie sich vollkommen normal benahm. Aber der Zustand wurde zusehends schlechter.

Thea, die schließlich mit Magdalena ihre liebe Not hatte, konsultierte mit ihr zusammen einen Arzt. Der meinte, daß das Leiden der Zirngieblin sehr tiefe Hintergründe haben müsse, die allerdings auch er nicht ausforschen konnte. So blieb es, wie es war.

Von Adam Moosauer hörte man nichts. In manchen stillen Stunden saß Thea am Fenster und dachte darüber nach, wie ihr Leben wohl jetzt aussehen würde, hätte man den Adam wegen seiner angeblichen Tat nicht eingesperrt. Mit Christian hatte Thea ja nie wieder darüber gesprochen. Dieses Thema war ganz einfach und still begraben worden. In den Herzen jedoch gab es noch alleweil ungelöste Fragen.

„Du, Thea?" fragte die verwirrte Zirngieblin eines Abends ihre Schwiegertochter

„Ja, Mutter? Was ist denn?" fragte Thea zurück.

„Thea, denkst du manchmal noch an den Adam?"

Thea zuckte zusammen und lauschte in sich hinein. Sie verstand nicht, was diese Frage bedeutete. Denn in all den Jahren hatte die Zirngieblin nicht über ihren Ältesten gesprochen.

„Ob ich noch an ihn denk?" fragte Thea verwundert. „Manchmal denk ich an ihn und überleg mir, wie es wohl gekommen wär, wenn er nit geschossen hätt."

„Ja, ja, Madl", murmelte Magdalena müde. „Es wäre wohl alles ganz anders gekommen, wenn ..."

Ihre Stimme brach ab. Es sah so aus, als würde sie in sich hineinlauschen. Als würde sie in ihrem Inneren selbst nach der Wahrheit suchen, die sie kannte, aber bislang noch nicht preisgegeben hatte.

„Ist irgendwas nit in Ordnung?" erkundigte Thea sich.

„Naa, naa", murmelte Magdalena, „es ist schon alles in Ordnung."

Bisher hatte sich Thea eigentlich noch nie gefragt, ob das sonderbare, veränderte Wesen ihrer Schwiegermutter mit Adams Schicksal zusammenhing. Diese Frage jedoch drängte sich ihr jetzt geradezu auf. Es gab einfach zu viele Dinge, die Thea als merkwürdig empfand.

Sie entsann sich eines Erlebnisses vor einer Woche. Nachts war sie durch ein Gewitter wach geworden. Als sie hinüber auf Christians Seite tastete, fand sie sein Bett leer. Die Zudecke war kalt. Das deutete darauf hin, daß Christian schon eine ganze Zeitlang aufgestanden sein mußte.

Thea ging nach unten, um nachzusehen, ob er vielleicht in Küche, Diele oder in der Stube war. Doch sie fand Christian nicht.

Als sie wieder nach oben ging, stand Magdalena Zirngiebl in ihrem baumwollenen Nachthemd auf der Stiege und blickte Thea an.

„Suchst du wen, Madl?" fragte sie.

„Der Christian ist nit in seinem Bett", sagte Thea darauf.

„So, so, fangst wieder an", murmelte Magdalena und drehte sich um.

Thea eilte ihrer Schwiegermutter nach. Kurz vor deren Kammertür holte sie sie ein.

„Was fängt wieder an, Mutter?" wollte sie wissen. „Sag mir, was wieder anfängt. Was ist denn überhaupt los?"

„Nix, Thea. Es ist nix. Geh wieder in dein Bett."

In jener Nacht konnte Thea nicht wieder einschlafen. Irgendwann in der Früh, als schon bleigrau im Osten die Dämmerung aufzog, hörte sie Christian zurückkehren. Er ging in sein Bett, und sie stellte sich schlafend. Sie wagte ganz einfach nicht, ihn zu fragen, wo er gewesen war. Doch sie stellte fest, daß er irgendwie nach Wald und Moos roch.

★

Es kam der Tag, an dem sich das Blatt für den Moosauerhof und für seine Bewohner wendete. Dieser Tag war ein sonniger, im Monat August. Christian hatte sich ausnahmsweise einmal dazu herabgelassen, Thea auf dem Feld zu helfen. Auch Hannes Zirngiebl war mit ihnen hinausgefahren. Daheimgeblieben war lediglich Magdalena. Sie litt in diesen Tagen sehr unter der Hitze und schien sich nicht besonders wohl zu fühlen. Sie war wieder sehr still und in sich gekehrt, hatte wieder einmal ihre wunderliche Zeit, wie man das mittlerweile auf dem Moosauerhof zu bezeichnen pflegte.

Magdalena saß auf der Bank vor dem Haus, als sie ein Mannsbild den weißsteinigen Weg heraufkommen sah. Zunächst gab sie darauf keine weitere Obacht. Dann aber, als der Mann mit dem kleinen Pappkoffer näher und näher kam, stutzte sie. Ihre Augen waren nicht mehr so gut; die Sehkraft hatte in den letzten beiden Jahren nachgelassen. Magdalena fingerte in ihrer Schürzentasche nach ihrer Brille. Sie konnte aber die Brille nicht auf Anhieb finden. So kam der Mann immer näher, bis er schließlich vor Magdalena stand.

„Grüß Gott, Mutter."

„O nein!" Ein spitzer Schrei kam von Magdalenas Lippen, hallte über die Wiesen hinweg, über die Felder bis hinauf zum Wald. Sie stand auf und taumelte ein wenig „Adam ..." ächzte sie schließlich. „Adam! Jesses, Maria und Josef! Wo kommst du denn her?"

„Wo werd ich wohl herkommen?" fragte Adam Moosauer. Seine Miene war düster. Das Haar war sauber und ordentlich geschnitten. Die Kleidung, die er trug, entsprach nicht mehr der neuesten Mode. Es war die Kleidung, mit der er seinerzeit den Hof seines Vaters hatte verlassen müssen.

„Ach Gott, Adam!" stammelte Magdalena.

„Willst du mich nit ins Haus bitten, Mutter?"

„Ich – ich weiß nit", stammelte die Zirngieblin.

„Heiland im Himmel, Adam, was willst du denn?"

„Das fragst du mich noch?" erkundigte sich Adam.

Sie senkte den Blick und begann plötzlich, zuerst wirr zu lachen und dann heiser zu heulen. Dann stand sie auf und tappte ins Haus hinein. Adam Moosauer folgte seiner Mutter.

In der Diele sah er sich um. Hier hatte sich eigentlich nicht viel verändert, wie er feststellte

„Adam ..." sagte die Zirngieblin schließlich. „Adam, hier kannst du nit bleiben!"

„Warum nit?" wollte er hart von ihr wissen. „Du weißt sehr genau, daß ich ein Recht hab, hier zu bleiben. Denn ich bin der Erbe dieses Hofes, Mutter."

Da setzte sie sich hin. Sie schob die Hände zwischen die Knie.

„Ja, weißt du, Adam, es ist so, daß ... Ich mein, wie du seinerzeit weggegangen bist, da hab ich ..."

„Was hast du, Mutter?" fragte Adam. Er betrachtete sie sehr aufmerksam. Sie knetete ihre Hände.

„Ich hab den Hof an den Christian abgegeben!" stieß sie schließlich hervor.

„Du hast es gewagt, mein Erbe herzugeben?" fragte er sie. „Ja, sag einmal, bist du denn ganz und gar blödsinnig geworden?"

„Ach Adam …"

„Nix!" schrie er sie an. „Aus und vorbei!" Dann ging er mit seinem Gesicht ganz nahe an sie heran. „Du weißt, was du dir auf dein Gewissen geladen hast. Du weißt, daß du gelogen hast, um mich in das Gefängnis zu bringen, und um deinen Augapfel, den Christian, vor der gerechten Straf zu bewahren."

„Der Christian hat doch nit geschossen!" brüllte Magdalena heraus.

„Bist du dabei gewesen?" höhnte Adam voller Bitterkeit in das Gesicht seiner Mutter. „Warst du dabei? Nein, du bist nit dabei gewesen. Blind hast du ihm geglaubt, was er dir erzählt hat, und mich ins Unglück rennen lassen."

„Ach, Adam, vergib mir" weinte sie heiser auf.

„Nein!" stieß er hervor. „Nein, Mutter, dir kann ich nit vergeben. Es ist überhaupt ein Wunder, daß dich der Herrgott noch schnaufen läßt, vor so viel Verlogenheit. Für dich müßt eine gerechte Strafe erst erfunden werden. Ich sag dir eines: Ich geh nit von diesem Hof. Ich geh nit eher, bis meine Ehre wiederhergestellt ist, und wenn ich den Christian mit meinen eigenen Händen erwürgen muß. Dann weiß ich wenigstens, für was man mich wieder einsperrt."

„Adam!" schrie sie. „Adam, sei doch nit so."

„Wie soll ich wohl anders sein, als das, zu dem ihr mich gemacht habt. Ihr habt mich so gemacht. Weißt du überhaupt, was es bedeutet, unschuldig eingesperrt zu sein? Weißt du, was es heißt, diese einsamen Nächte zu verbringen? Das Schlüsselgeklapper zu hören? Den Blechnapf hineingeschoben zu bekommen? Weißt du das, ha?"

Sie preßte ihre Hände gegen die Ohren, weil sie nichts mehr hören wollte.

O ja! Vor diesem Tag, der jetzt gekommen war, hatte Magdalena Zirngiebl sich mehr gefürchtet als vor jedem anderen Tag in ihrem ganzen verfehlten Leben.

Er riß ihr die Hände von den Ohren weg.

„Du wirst mir zuhören", keuchte er. „Sie alle werden mir zuhören! Mutter, jetzt bin ich frei, und jetzt werd ich nichts anderes tun, als versuchen, meine Unschuld zu beweisen. Der wahre Täter und die, die ihn unterstützt und vor der Strafe geschützt haben, die werden mit ihm bezahlen. Mutter, ich tät nit davor zurückschrecken, dich auf deine alten Tage noch ins Gefängnis sperren zu lassen."

„Nein! Nein, nein!" brüllte sie in ihrer Verzweiflung heraus. Dann rutschte sie vom Stuhl, ging in die Knie und umklammerte Adams Beine. Mit tränenüberströmtem Gesicht blickte sie zu ihm auf.

„Adam“, schluchzte sie, „ich bin doch deine Mutter. Adam, sei doch barmherzig.“

„Barmherzig!“ stieß er höhnisch hervor. „Welch ein Wort von deinen Lippen. Ausgerechnet du mußt von Barmherzigkeit reden. Du bist immer gnadenlos und kalt mir gegenüber gewesen. Jetzt ist es vorbei, Mutter.“

„Heiland, was soll denn bloß werden, wenn Christian und Thea und der Hannes vom Acker heimkommen? Was soll man ihnen denn sagen?“

„Du brauchst überhaupt nix zu sagen“, erklärte Adam, „das besorg ich schon. Und jetzt schau, daß du mir was zum Essen auf den Tisch bringst. Ich hab die ganze Zeit über nix Gescheites bekommen und richtig Sehnsucht nach einem Stück Speck.“

Da rappelte sie sich hoch. Ihre Blicke flackerten.

„Ja, Adam! Ja“, stammelte sie, „ich mach ja alles, was du willst. Ich mach wirklich alles.“

Dann huschte sie hinaus in die Küche. Adam zog sich einen Stuhl herbei und legte seine Füße hoch. Sie schmerzten ihm vom langen Weg.

Genauso hatte er sich das Heimkommen vorgestellt. Wie würde es nun sein, wenn er Thea nach so langer Zeit gegenüberstehen sollte? Thea, die ihn so verraten hatte. Die er jedoch immer noch liebte. Nichts hatte die Liebe zu

Thea aus seinem Herzen vertreiben können. Nun war sie die Frau des Bruders. Sie war die Frau des Mannes, der Adam ins Unglück gestürzt hatte. Wie sah es in ihm aus?

Sein Gesicht war herb geworden. Tiefe Furchen zogen sich von den Mundwinkeln herab. Dies erweckte den Eindruck, daß er alles mit einer gewissen Verachtung betrachtete.

Obgleich Adam stets diesen Augenblick herbeigesehnt hatte, fühlte er plötzlich eine innere Leere. Er empfand eine gewisse Sinnlosigkeit seines Tuns. Fast verspürte er den Wunsch, einfach aufzustehen und das Haus wieder zu verlassen.

Doch sollte er jetzt aufgeben, nachdem er sich in all den Jahren geschworen hatte, seine Rechte zurückzuerobern. Er wollte sich nur das wieder holen, was man ihm mit Lug und Trug genommen hatte. Die schönsten Jahre seines Lebens allerdings, die würde ihm niemand zurückgeben können.

Magdalena kehrte zurück und bewirtete ihren Sohn. Adam sah ihrem Gesicht an, daß ihre Gedanken heftig arbeiteten.

„Adam", begann sie nach einer Weile zu sprechen, nachdem er mit dem Essen fertig war und den Teller samt Besteck von sich geschoben hatte, „meinst du nit, daß es besser wär, wenn du wieder fortgehen würdest? Schau, Adam, ich hab ein bissel was gespart, das tät ich dir geben, damit du anderswo neu anfangen könntest. Adam, ich bitt dich, um des lieben Friedens willen."

Adam überlegte. In seinem Gesicht arbeitete es.

„Nein, Mutter!" stieß er schließlich hart und beinahe kalt hervor. „Einmal bist du mich losgeworden. Ein zweites Mal wirst du mich nimmer loswerden, das merk dir."

„Ach Gott, ach Gott", jammerte sie, „was soll ich denn bloß machen?"

Da brachte er es fertig, sie zu belächeln. Wie klein und erbärmlich erschien sie ihm auf einmal. Seine Rachegefühle schlugen nun wohl eher in Mitleid um. Sie hatte ihm niemals in ihrem Leben richtige Zärtlichkeit geben können. Alles hatte sie Christian zuteil werden lassen. Adam, der durch die Jahre im Gefängnis gereift war, erkannte wohl, daß sie selbst lange Jahre einen Irrweg gegangen war. Vielleicht war sie an allem selbst gar nicht schuld. Vielleicht war es auch das Leben, das sie so gemacht hatte.

In seinem Herzen war Adam nahe daran, ihr zu verzeihen. Doch die bitteren Erlebnisse zwangen ihn zum Schweigen.

*

Mit dem Feierabendläuten kehrten Christian, Thea und Hannes von der Wiese heim. Der Wagen mit dem Grumet war voll beladen und rumpelte in die Scheuer.

Thea fiel auf, daß das Haus merkwürdig still lag. Sonst kam ihnen die Mutter stets entgegen und öffnete das Scheunentor. Diesmal jedoch mußte Thea absteigen und dies selbst tun.

„Ich weiß nit", sagte Thea zu Christian, als sie später auf das Haus zugingen, „ich hab so ein merkwürdiges Gefühl."

Christian blieb stehen. Er grinste sie an.

„Ach, du und deine Gefühle", meinte er.

Auch im Haus empfing sie vollkommene Stille.

„Hoffentlich ist ihr nichts passiert", stammelte Thea. Dann öffnete sie die Dielentür.

Steinweiß wurde ihr Gesicht. Weit aufgerissen waren ihre Augen, und sie wäre wohl jetzt nicht im Stande gewesen, auch nur einen Tropfen Blut zu geben, hätte einer sie gestochen.

Auch Christian Rieder war schneeweiß geworden. Seine Hand krallte sich am Türrahmen fest. Es sah so aus, als würde Christian, der wie ein Baum im Wind wankte, jeden Augenblick zu Boden taumeln.

„Grüß Gott, beieinander", sagte Adam mit einer Stimme, die kälter sein mußte als der Wind, der im Dezember um das Haus wehte.

Es dauerte eine Zeit, bis Christian sich von seinem Schreck erholt hatte. Magdalena war unter der Küchentür aufgetaucht.

„Mama, was hat denn das zu bedeuten?“ fragte Christian.

„Der – der Adam ist heimgekommen“, stammelte Magdalena.

„Das sehen wir“, sagte Christian darauf. Dann ging er langsam auf den Bruder zu. „Adam, du kannst von mir nit erwarten, daß ich dich daheim willkommen heiße. Es ist nämlich nimmer dein Daheim, verstehst du?“

Adam schwieg zunächst.

Da drehte Christian sich um und wandte sich an seine Mutter. „Warum hast du ihn hereingelassen?“ wollte er barsch von ihr wissen. „Du weißt doch ganz genau, wie die Dinge stehen.“

„Christian, er ist dein Bruder, und ich laß es nit zu, daß er wieder hinaus auf die Straß geht. Nein, das laß ich nit zu!“

Wohl zum ersten Male klang die Stimme der Zirngieblin ihrem Jüngsten gegenüber unnachgiebig hart, und es hörte sich an, als würde sie keinen Widerspruch dulden wollen.

Christian zog die Augenbrauen hoch.

„Adam wird bleiben!“ bestimmte die Zirngieblin, noch ehe Christian etwas darauf erwidern konnte. „Wenn er nit bleiben kann, dann geh ich auch. Aber dann mach ich reinen Tisch.“

„Mama!" stammelte Christian erschrocken. „Mama, es ist doch alles schon so lang her."

„Eben darum", sagte Magdalena Zirngiebl. „Entweder du gibst einen Frieden, oder es wird alles anders, als es ist. Glaub mir, Bub, ich mach keinen Spaß. Mir ist es todernst."

„Bravo, Mutter", sagte Adam. Die Bitternis war aus seiner Stimme deutlich herauszuhören. „Das hast du sehr gut hingekriegt. Ich möcht gern in das vordere Altanezimmer ziehen. Das geht doch?"

„Im Altanezimmer wohnen Thea und ich", erklärte Christian.

„Dann werdet ihr halt ausziehen", sagte Adam.

Christian schnappte nach Luft.

„Aber ..."

„Es gibt kein Aber", unterbrach Adam. „Du hast gehört, was die Mutter gesagt hat. Wenn du nit so willst, wie sie will, dann macht sie reinen Tisch, Christian. Du weißt doch ganz genau, was das bedeutet."

Christian senkte den Kopf.

„Was geht hier eigentlich vor?" wollte Thea schließlich wissen. „Wovon redet ihr denn? Was heißt denn das: Die Mutter will reinen Tisch machen?"

„Du armes, armes Tschaperl", sagte Adam. Auch jetzt klang aus seiner Stimme Verachtung.

Er trat langsam auf Thea zu und betrachtete sie von oben bis unten und dann wieder umgekehrt. „Fällt's dir jetzt noch nicht auf, daß du auf sie hereingefallen bist? Ja, Thea, du bist auf diese ganze Bagage hereingefallen."

Adam drehte sich um und ging zur Stiege.

„Hopp", sagte er zu seinem Bruder, „räum die Kammer, ich bin müd und möcht mich einen Augenblick hinlegen."

Man sah, daß Christian seine Hände zu Fäusten ballte. Er warf der Mutter einen vernichtenden Blick zu. Doch Magdalena hielt diesem Blick stand. Scharf und wachsam waren nun ihre Augen. Sie mußte sich wohl in ihrem Inneren geschworen haben, daß es nicht noch einmal zu einer Katastrophe auf dem Moosauerhof kommen sollte.

★

Die Tatsache, mit Adam unter einem Dach leben zu müssen, war für Thea schier unerträglich. Sie ging dem einstmals geliebten Mann aus dem Weg, wann immer ihr das nur möglich war. Thea litt sehr unter diesen Verhältnissen, zumal sie obendrein Ungewißheit plagte.

„Christian?" fragte sie ihren Mann, „was haben all diese Andeutungen denn zu sagen? Was will deine Mutter damit ausdrücken, indem sie sagt, daß sie reinen Tisch machen will? Christian, ich flehe dich an, sag mir doch, was damals wirklich geschehen ist. Christian, ich bin doch deine Frau!"

Doch Christian Rieder schwieg. Er gab Thea nur ausweichende Antworten.

„Du weißt doch", sagte er beispielsweise, „daß Mutter ab und zu nimmer ganz richtig ist in ihrem Kopf."

„Dann frag ich mich aber, weshalb du es zuläßt, daß Adam im Haus bleibt. Wir sind doch schon genug ins Gerede gekommen. Jetzt reden die Leut im Dorf wieder über den Adam."

Christian Rieder ballte seine Hände zu Fäusten.

„Thea, er ist nun einmal mein Bruder, und ich kann ihn wirklich nit einfach auf die Straße schicken. Das mußt du doch einsehen."

„Ich ertrag das alles nimmer, Christian", flüsterte Thea. „Hast du denn vergessen, wie ich einmal zum Adam gestanden bin?"

„Schämst du dich vielleicht, meine Frau geworden zu sein?" fragte er.

Diese Frage konnte ihm Thea nicht beantworten. Vielleicht wollte sie sie ihm auch nicht beantworten. Denn im Grunde ihres Herzens schämte sie sich tatsächlich vor Adam. Sie begriff, daß sie ihn vielleicht leichtfertig im Stich gelassen hatte. Sollte sich dies irgendwann als

Wahrheit herausstellen, so würde Thea mit ihrem Gewissen nicht mehr leben können. Das wußte sie jetzt in diesem Augenblick.

„Du machst dir einfach zu viele Sorgen", sagte Christian. „In ein paar Monaten wird sich die ganze Geschichte eingespielt haben. Vielleicht geht Adam auch von selbst."

Diese Hoffnung trog. Adam ging nicht. Er lebte so wie sein Bruder früher gelebt hatte. Er lebte in den Tag hinein. Er ließ sich von der Mutter bedienen, und Christian gab ihm Geld. All das verstand Thea nicht. Sie konnte es nicht begreifen.

Doch entsann sie sich, daß Adam in früheren Tagen einmal anders gewesen war. Er war das Pflichtbewußtsein in Person gewesen Heute jedoch hatte sich alles ins Gegenteil verwandelt. Welche Gründet hatte Adam, sich so zu benehmen?

Dann geschah es einmal zur Zeit der Erdäpfelernte, daß Thea Adam nicht mehr ausweichen konnte. Sie war auf den Acker gegangen, um die Erdäpfel aufzuklauben, die Christian am Morgen herausgeschleudert hatte. Vom Bücken schmerzte ihr das Kreuz. Der Kopf tat ihr von den vielen Gedanken weh, die ihn durchströmten.

Während sie sich auf die Erde niederbeugte und die Kartoffeln aufklaubte, tauchte hinter ihr ein Schatten auf. Sie wußte im Augenblick, von wem dieser Schatten stammte.

Adam stand hinter ihr. Er hatte seine Daumen in den Hosenbund geschoben und betrachtete sie bei der Arbeit.

„Was willst du, Adam?“ fragte sie.

„Meinst du nit, Thea, daß es an der Zeit ist, daß wir einmal miteinander reden?“ fragte er mit vollkommen ruhig klingender Stimme.

Sie lief rot an.

„Was soll ich mit dir reden, Adam? Es ist doch so viel geschehen.“

„Ja, es ist viel geschehen, Thea. Von all dem, was du mir seinerzeit versprachst, hast du nichts gehalten. Hab ich dir nit gesagt, daß mir der Christian ein Leben lang alles genommen hat? Daß es ihm auch gelingt, dich mir wegzunehmen, das hätt ich nit gedacht. Liebst du Christian?“

Sie neigte sich verwirrt zur Erde hinunter. Dann richtete sie ihr Kopftuch, das ein wenig verrutscht war.

„Ich weiß nit, was du von mir willst“, sagte sie eckig. „Ich hätt ihn ja nit geheiratet, würde ich ihn nit lieben.“

„Und wie ist das mit mir?“ fragte er. „Weißt du noch, als wir miteinander am Bach spazierengegangen sind? Weißt du noch, wie du mir die Treue geschworen hast? Treue für alle

Zeiten, für unser ganzes, gemeinsames Leben. Leere Worte. Alles leere Worte …"

„Du warst im Gefängnis!" schrie sie ihn an. „Du hast etwas Böses getan und mich belogen Adam."

„Hab ich das wirklich, Thea? War da nit in dir was von einer Stimme, die man die Stimme des Herzens nennt? Ist da nix gewesen, das dir gesagt hat, daß alles Lug und Trug war? Hast du denn das nit gemerkt?"

„Was war Lug und Trug?" fragte sie verwirrt.

„Komm zum Feldrain, Thea. Wir setzen uns nieder, wie in alten Tagen, und dort will ich dir dann alles erzählen."

Thea gehorchte widerspruchslos. Am blühenden Feldrain ließen sie sich nieder.

Schweigend hörte sie ihm zu. Als er geendet hatte, senkte sie den Kopf.

„Das meint also die Mutter mit dem reinen Tisch machen", sagte sie nun. „Sie hat damals gelogen. Für den Christian hat sie gelogen."

„So ist es", sagte Adam. „Aber keiner kann mir die gestohlenen Jahre zurückbringen. Keines kann wiedergutmachen, was man mir angetan hat. Jetzt ist nur das Gefühl der Rache in mir. Ich werde Christian vernichten, Thea, das schwöre ich!"

„Nein!" schrie sie da und sprang auf. Das Kopftuch rutschte herunter. Sie trug heute einmal ausnahmsweise keinen Zopf, und ihre lange Haarflut fiel über die Schultern. „Nein, Adam, man darf nit Böses mit Bösem vergelten."

„Alles hat er mir genommen. Die Liebe der Mutter, dich, das Erbe, die Heimat, mein ganzes Ich. Himmelherrgott noch einmal, soll denn das bis in alle Ewigkeit weitergehen? Soll ich denn alleweil in seinem Schatten stehen? Nein, Thea, ich will das nit länger!"

Plötzlich riß er sie an sich. Er küßte sie wie ein Besessener, und sie war unfähig, sich zu wehren. Sie hing in seinem Arm.

„Laß meine Frau los!"

Eine Stimme, scharf und schneidend wie ein Messer, war dazwischengefahren. Adam ließ Thea los, und sie sank, einer Ohnmacht nahe, auf den Wiesenrain nieder. Mit einem Schritt war Christian bei ihr und zog sie an sich.

„Hat er dir was getan, mein Lieb?" fragte Christian in seiner bekannt schmeichlerischen Art. Dann blickte er den Bruder mit seinen blauen Augen flammend an.

„Du wirst die Finger von meiner Frau lassen. Sie ist mein, und sie wird mein Weib bleiben, bis zum Ende meiner Zeit, Adam, hörst du?"

Da stand Thea auf. Sie wirkte plötzlich sehr stark. Sie hob das Kopftuch von der Erde auf, steckte ihr Haar hoch und setzte das Tuch auf.

„Ich habe niemals jemandem gehört, außer mir selbst", sagte sie. „Schlagt euch doch tot. Dann ist wenigstens eine Ruh."

Damit ging sie.

Die feindlichen Brüder standen sich eine Weile gegenüber. Sie standen Aug in Aug.

Dann lächelte Adam plötzlich.

„Christian", sagte er, „weißt du, was ich glaube?"

„Leck mich am Buckel!" stieß Christian hervor.

„Christian, ich glaube, wir haben Thea beide verloren ..."

★

Von diesem Tag an verschlechterte sich das Verhältnis zwischen Thea und ihrem Mann Christian. Thea ging Christian aus dem Weg. Sie mied ihn, und er fühlte, daß er keinen Weg mehr zu ihr fand. Aber all die Dinge waren zwischen ihnen ungeklärt, und es fielen auch keine Worte, die vielleicht eine Klärung herbeigeführt hätten.

Christian stritt einige Male mit seiner Mutter. Er bezeichnete sie als die Schuldige.

„Der wahre Schuldige bist du", sagte Magdalena. „Du gehst noch alleweil auf den Berg. Du hast es noch nit aufgegeben. Bub, komm doch endlich einmal zur Besinnung. Soll ich mir das denn bis in alle Ewigkeit anschauen und mitmachen?"

„Von diesen Dingen verstehst du nix, Mutter. So wie es ist, so kann es jedenfalls nimmer weitergehen. Ich muß den Adam loswerden."

Da riß Magdalena ihre Augen auf. Sie blickte ihren Sohn an. Heißes Erschrecken überflutete dabei ihr Gesicht.

„Nein!" stieß sie hervor. „Nein, Christian, du wirst es nit noch einmal tun. Noch einmal laß ich es nit zu."

„Aber, Mama!"

„Nix!" schrie sie. „Aus und vorbei. Ich hab dir lang genug gefolgt und hab alles gemacht, wie du es hast haben wollen. Du siehst, was es mir eingebracht hat. Nix wie Elend hab ich. Komm ich denn in meinem Leben nie zur Ruh, zum Donnerwetternei?"

So hatte Christian Rieder seine Mutter noch nie erlebt. Noch nie war sie so hart gewesen und hatte ihm mit aller Deutlichkeit erklärt, daß es vorbei war. Noch nie hatte Christian erfahren müssen, daß sie nicht mehr bereit war, ihn und seine finsteren Pläne zu unterstützen.

Christian jedoch hörte nicht auf zu bohren. Er suchte nach einem Weg, seinen Stiefbruder loszuwerden. Er hoffte, dadurch Theas Liebe und Zuneigung zurückgewinnen zu können.

Zu diesem Zweck begab sich Christian ins Dorf. Sein Kumpan aus alten Tagen, Natzl Auhuber, saß im Wirtshaus. Er hatte ja schon seit Jahren ein Techtelmechtel mit Fanni Müller, der Kellnerin. Bei diesem Verhältnis war bisher noch nichts herausgekommen, denn Natzl war als ein Bruder Leichtfuß verrufen. Die Kellnerin hingegen war nicht weniger leichtsinnig, und so lebten die beiden eben ihr Leben.

„Natzl, ich muß mit dir reden!" stieß Christian hervor.

„Du, wennst meinst, daß ich wieder mit dir auf den Berg soll, so muß ich dir sagen, daß ich das nit mach", erklärte der Auhuber. „Die Leut vom Forstamt sind zur Zeit so scharf. Ich hab nit Lust, im Gefängnis zu landen."

„Nein, nein, es geht nit um den Berg. Ich muß ohnehin selber recht vorsichtig sein und kann mir jetzt nix leisten. Es geht um etwas anderes."

„Um was denn?"

„Es geht um den Adam. Du weißt ja, daß er wieder retour ist. Er macht mir nix wie Schwierigkeiten wegen der alten Geschicht."

„Das ist doch schon so lang vorbei", sagte der Auhuber-Natzl abwinkend. „Was soll denn das Ganze noch?"

„Natzl, du vergißt, wer damals geschossen hat. Ich weiß nimmer, wie lang ich das durchhalt. Auch die Mutter ist mit ihren Nerven am End."

Natzl Auhuber, der finstere Bursch, blickte Christian etwas erstaunt und mit merkwürdigem Gesichtsausdruck an.

„Also, red heraus, was du willst."

„Der Adam muß weg", keuchte Christian.

„Was heißt das, er muß weg?"

„Na, weg halt, so wie ich's sag", entgegnete Christian. Seine Hände waren feucht, und er ballte sie zu Fäusten. Die Blicke glühten in des Kumpans Gesicht.

Natzl Auhubers Gesicht wurde unter diesen Blicken immer fassungsloser. Weiß wurde sein Antlitz, und die Lippen begannen zu zittern.

„Du meinst doch nit etwa, daß ich ...?"

„Du sollst ihn aus dem Weg räumen, Natzl."

„Das mach ich nit! Das kann ich nit, und das will ich nit!"

„Du, vergiß nit, daß du schon einmal geschossen hast. Zwar ist der Förster Steinhauser damals durchgekommen, und führt heut wieder sein Leben wie eh und je, aber du hast ja gesehen, was es dem Adam eingebracht hat. Wenn ich meinen Mund aufmach und alles sag, dann ..."

„Nein, Christian! Nein, das darfst du nit tun, und das kannst du auch nit tun."

„Dann mußt du mir folgen. Dann mußt du das tun, was ich von dir verlang, Natzl. Es gibt keinen anderen Weg, weil wir sonst nie eine

Ruh haben werden. Hundsverdammt, begreifst du denn nit, daß der Adam der einzige ist, der über alles Bescheid weiß? Die Mutter tät ja schweigen, aber Adam sigiert in sie hinein. Außerdem ist es so, daß mir die Thea jetzt noch gram ist. Herrgottsnaa, ist es denn so schwer, ihm eine aufs Fell zu brennen?"

„Du, Christian, ich hab damals geschossen, weil ich durcheinander war. Ich weiß, daß ich es nit hätt tun sollen. Es war ein Unrecht. Vielleicht kann man es noch als ein Unglück darstellen. Aber das, was ich jetzt tun soll, das wär blanker Mord. Christian, das kannst du von mir nit verlangen. Du kannst nit verlangen, daß ich einen Menschen umbringe, bloß weil er dir im Weg steht."

„Er steht nit nur mir im Weg, sondern auch dir. Hast du das vielleicht vergessen?" fragte Christian Rieder. „Wenn er nimmer ist, sind all unsere Probleme gelöst."

Der Auhuber-Natzl barg sein Gesicht in den Händen. Ein dumpfes Aufstöhnen entrang sich ihm. Ja, er war nun in einer schrecklichen Situation. Er war in einer Lage, aus der er sich selbst nicht mehr befreien konnte. Vollkommen verzweifelt blickte er Christian an.

„Aber wie soll denn das passieren. Ich kann ihn doch nit in den Wald hinauslocken."

„Laß das nur meine Sorge sein", sagte Christian mit einem teuflischen Lächeln. „Ich werd das schon machen. Du kriegst jedenfalls rechtzeitig von mir Bescheid, wann und wo du dich einzufinden hast. Ich sag dir dann noch, was du zu tun hast. Jedenfalls, sobald er auftaucht, wirst du schießen, hörst du? Du wirst anlegen, zielen und deine Augen zumachen. Dann wirst du schießen."

„Ich ... ich kann nit."

„Dann wirst du halt ins Gefängnis gehen", erklärte Christian mit eiskalter Stimme. Er stand auf, legte eine Münze auf den Tisch und trank den Rest seines Bieres aus.

„Also, Natzl, auf bald dann", erklärte Christian. Dann ging er. Er kehrte auf den Hof zurück und war vollkommen ruhig.

Magdalena jedoch beobachtete ihren Sohn. Sie sah seinem Gesicht an, daß er einen finsteren Plan hegte, denn sie kannte Christian ganz genau. Sie wußte, wie er war. Deshalb sprach sie ihn daraufhin an.

„Christian?" fragte sie, „du hast doch wieder was vor?"

„Ich weiß nit, was du meinst, Mutter."

„Ich mein den Adam."

„Zum Dunnerwetternei!" schrie Christian. „Hör ich denn auf diesem Hof nix wie Adam, Adam und noch einmal Adam? Ich werd schon dafür sorgen, daß bald einmal eine Ruh ist."

„Wenn du das machst, dann ..."

„Du wirst nix dergleichen tun, Mutter", sagte Christian. „Vergiß nit, daß auch du in dieser Geschichte drinhängst. Sie haben dich zwar nit vereidigt aber ich hab mich erkundigt und weiß, daß auch eine uneidliche Falschaussage bestraft werden kann. Hast du weiß Gott Lust, auf deine alten Tage noch ins Gefängnis zu gehen?"

„O du Teufel!" schrie sie ihn da an. „Hätt ich dich bloß nit geboren. Hätt ich bloß damals gewußt, was du für einer wirst, so hätt ich dich vielleicht gleich erschlagen."

Er grinste sie an.

„Mutter", sagte er mit einem lauernden Unterton in der Stimme. „Mutter, du selbst hast mich zu dem gemacht, was ich geworden bin ..."

Thea ahnte, daß etwas im Gang war. Mit ihren Gefühlen war sie sich noch nicht im reinen. Sie stellte jedoch fest, daß ihre Liebe zu Adam nie ganz erloschen war. Etwas von dem, was sie für ihn empfunden hatte, war immer in ihrem Herzen geblieben und würde auch immer seinen Platz behalten.

Thea fühlte sich mitschuldig an den Dingen, die geschehen waren.

Ein paar Tage, nachdem Christian mit Natz Auhuber geredet hatte, sprach Thea ihre

Schwiegermutter auf die verhängnisvollen Heimlichkeiten hin an.

„Mutter, du hast damals gelogen", sagte sie der Zirngieblin auf den Kopf zu. „Warum hast du das getan? War Adam nicht ebenso dein Sohn wie Christian? Weshalb hast du ihn ins Unglück gestürzt. Rede!"

Die Zirngieblin zuckte angesichts dieser harten Anklage heftig zusammen. Ihr Haar war in den letzten Wochen grau geworden. Kummervoll war das Gesicht. Tiefe Leidfurchen zeugten von dem, was die Bäuerin alles durchgestanden hatte.

„Ja, warum", flüsterte Magdalena so leise, daß es Thea kaum verstehen konnte.

„Und du läßt das Unrecht weiterhin zu", sagte Thea. „Du hast die Schuld. Du allein!"

„Herrgottsnaa", murmelte Magdalena. „Find ich denn nie meinen Frieden? Soll's denn bis in Ewigkeit so weitergehen?"

„Frieden werdet ihr finden, wenn ihr reinen Tisch gemacht habt.

„Was gibt's zwischen euch zu bereden?"

Die beiden Frauen fuhren herum. Christian stand unter der Tür.

„Wir haben über das gesprochen, was damals geschehen ist, Christian, sagte Thea. „Ich weiß jetzt genug. Ich kann nimmer schweigen. Ich weiß, daß ich zur Gendarmerie gehen muß, um dort die Wahrheit zu sagen. Ich muß sagen, was in diesem Hause vorgeht. Ich muß sagen, wieviel widerliche Verlogenheit mir hier begegnet ist."

„Thea, du bist meine Frau", sagte Christian. „Ich glaub nit, daß dir jemand Glauben schenken wird. Aber ich mach dir einen anderen Vorschlag. Ich werd mit dem Adam reinen Tisch machen. Ich werd mich mit ihm ausreden und ihm einen Vorschlag zum Guten unterbreiten."

„Du und einen Vorschlag zum Guten. Oh, glaub mir, Christian, ich kenn dich."

„Thea!" stammelte Christian. „Thea, du verachtest mich ja."

„Ich verachte dich nicht nur, ich hasse dich sogar!" stieß Thea hervor, drehte sich um und ging hinaus.

Nachdem sie die Tür geschlossen hatte, stand Adam plötzlich vor ihr.

„Ich habe alles gehört, was du gesagt hast, Thea. Warum weichst du mir aus? Du weißt doch, wie es ist. Verstehst du denn nit, daß ich so hab handeln müssen? Ich kann doch nit alleweil der Lapp und der Idiot bleiben. Ich muß mich doch einmal wehren."

Da trat sie auf ihn zu.

„Adam", sagte sie leise, „daß ich nicht an dich geglaubt habe, wirst du mir wohl nie in meinem

Leben verzeihen. Vielleicht waren wir beide dumm. Du und ich. Aber ich möcht dir jetzt etwas sagen."

„Sag es mir, Thea!" stieß Adam hervor.

„Du hast mich nie ganz verloren, Adam. Ich werde Christian verlassen, und wenn du es willst, dann gehe ich mit dir fort. Dann fangen wir beide irgendwo ein neues Leben an. Nur wir beide allein. Christian hat dir ja angeboten, daß er dich auszahlt. Adam, denk drüber nach. Er will übrigens mit dir reden. Er hat gesagt, daß er's nit im Haus, sondern draußen im Wald tun will. Wo ihr beide ungestört seid."

Ein Leuchten ging über Adams Gesicht, und er trat auf Thea zu.

„Daß du wieder zu mir gehören willst, Thea, läßt mich alles vergessen, was mein Leben so dunkel und bitter gemacht hat. Ja! Ja, Thea, wir werden es so machen, wie du es gesagt hast. Wir werden mitsammen fortgehen und irgendwo ganz neu anfangen. Ich weiß, daß ich frei bin von Schuld, und du weißt es auch."

„Ich weiß es", flüsterte sie und schmiegte sich an ihn. Es war ihr vollkommen gleichgültig, ob Christian vielleicht herauskommen würde. „Aber ich denk immer, Adam, daß keiner ganz frei ist von Schuld. Wir alle sind irgendwie schuldig."

„Das zählt jetzt nimmer", sagte Adam. „Jetzt

ist unsere Zukunft wichtig. Lassen wir die Vergangenheit ruhen, und vergessen wir die Dinge, die gewesen sind. Ich weiß, daß du mir helfen wirst, einen neuen Weg zu gehen."

„Ja, Adam, das werde ich", versicherte Thea.

Am folgenden Tag ging Christian auf seinen Bruder Adam zu und unterbreitete ihm den Vorschlag einer Unterredung.

„Wir müssen alles abklären, Adam", sagte er. „Wir müssen beide Frieden finden. Ich muß mit dir reden."

„Dann red halt."

„Nit hier Wir sollten hinauf in den Wald gehen und uns dort unterhalten. Wir finden eine Lösung, Adam, das weiß ich."

Adam bemerkte nicht das Lauern in Christians Blicken.

„Gut", stimmte er zu. „Wann also?"

„Heut abend, fünf Uhr", sagte Christian Rieder. „Droben am Silberstein."

Thea erfuhr von diesem Treffen viel zu spät. Sie hatte kein gutes Gefühl. Als sie von der Zirngieblin hörte, daß die beiden hinauf in den Wald gegangen waren, hielt sie nichts mehr zurück. Die Furcht und das Entsetzen, es könnte etwas geschehen, trieb sie hinauf.

Sie fand die Brüder, an einem Fels stehend, vor.

„Du wirst gehen, Adam", keuchte der blonde

Christian und griff seinen dunkelhaarigen Bruder an seiner roten Weste. „Du wirst aus meinem Leben verschwinden und keinen Unfrieden mehr stiften."

„Nit!" keuchte Thea. Sie zerrte an Christian herum. „Laß ihn, denn du weißt, daß er allweil unschuldig gewesen ist. Willst du denn nie eine Ruh geben, Christian? Muß denn alles noch schlimmer werden, als es ohnehin schon ist?"

„Er soll endlich gehen!" stieß Christian hervor. „Für ihn war nie Platz auf dem Hof. Es war Frieden, solang er weg war. Ich werd, ich ..."

„Beruhig dich", sagte Adam. „Ich werde gehen, Christian. Ich verlang nit mehr von dir als mein Erbgeld. Das wirst du mir auszahlen. Ich werd das Dorf für immer verlassen und auch nie wiederkommen. Das kann ich dir versichern."

Christian trat ein paar Schritte zurück. Er musterte seinen Bruder.

„Das willst du tun? Ist das dein Ernst, Adam?"

„Ja, es ist mein Ernst", sagte Adam. „Ich werde mit der Vergangenheit abschließen, weil ich sie ja doch nimmer ändern kann. Verzeihen werd ich dir vielleicht nie können, Christian. Aber ich hoffe, daß ich die dunklen Tage einmal vergessen kann. Wir waren nie recht Brüder, und wir haben einander wohl nie geliebt."

Damit drehte Adam sich um und ging. Thea zögerte eine Weile. Dann blickte sie Christian an.

„Er hat recht", sagte sie. „Er hat recht, mit allem, was er sagt, Christian."

Dann ging auch sie.

Thea versuchte, Adam einzuholen. Aber sie waren noch keine zwanzig Schritte von dem Ort des Treffens weg, als ein Schuß bellte. Sie sahen, wie Christian taumelte und schließlich zu Boden sank. Dann sahen sie einen Mann aus dem Gebüsch hetzen. Adam rannte ihm nach und erreichte ihn schließlich. Er warf ihn zu Boden.

Es war der Auhuber-Natz.

„Ich – ich hab's so gemacht, wie er gesagt hat. Die Augen hab ich zugemacht und dann geschossen. Ich hab doch alles gemacht, wie er es gesagt hat. Ich kann doch nit dafür, daß es ihn erwischt hat. Ich hab doch das nit wollen."

So kam die Wahrheit ans Licht. Natz Auhuber legte ein volles Geständnis ab. Christian hatte sein Leben lassen müssen. Er war in die Grube gefallen, die er für den Bruder gegraben hatte, und somit hatte Christians unseliges Leben ein Ende gefunden.

Man nahm ein Verfahren gegen Natz Auhuber auf und verurteilte ihn. Die Zirngieblin wurde zu einer Strafe verurteilt, die man ihr auf Bewährung aussetzte. Hannes Zirngiebl verschwand bereits vor dem Prozeß, und man hörte nichts mehr von ihm.

Die Zirngieblin war von nun an eine gebrochene Frau, die mit sich selbst nicht mehr zurechtkam und bereits ein Vierteljahr nach dem Prozeß ganz plötzlich starb.

Thea und Adam standen auf der Altane des Hauses. Eben zog der Lenz ins Land. Er kam mit Singen und Klingen und seinen leuchtenden Farben, mit denen er die Vergangenheit zudeckte. Thea lehnte sich an Adam, weil sie wußte, daß ihr Herz jetzt endlich daheim war.

„Bist du glücklich, Thea?"

„Ja", versicherte sie mit leiser Stimme. „Ja, Adam, jetzt bin ich endlich richtig glücklich."

Sie dachte an das Kind, das sie unter ihrem Herzen trug und von dem Adam noch nichts wußte.